Bibliografische Information der Deutschen Nationalbibliothek
Die Deutsche Nationalbibliothek verzeichnet diese Publikation in der Deutschen Nationalbibliografie; detaillierte bibliografische Daten sind im Internet über http://dnb.d-nb.de abrufbar.

MIX
Papier aus verantwortungsvollen Quellen
FSC® C020056
FSC
www.fsc.org

Text und Illustration: Claire Singer
Umschlaggestaltung und Layout: Stefanie Sand
Coverfoto: Romy Pohl

ISBN 978-3-8458- 978-3-8458-0771-3

www.arsedition.de

Karlotta voll verdreht

Claire Singer

arsEdition

Inhalt

Ach du grüne Neune

»Petziletta, Lottapalotta, Karlabiene!« Paps, den alle außer mir wegen seines farbenfrohen Klamottenstils Papa Bonbon nennen, ist sonst eher von der schweigsamen Sorte. Probleme lächelt er weg und am besten kann er sich mit Pinsel und Farbe ausdrücken. Vermutlich ist er auch deswegen Kunstmaler geworden. Heute tönt Paps' Stimme erstaunlich munter durch unser kleines Haus. Also ja, eigentlich Paps' kleines Haus, seit Mama mit mir, Karlotta Petzmeier, knapp 14 Jahre alt, »um die Ecke« gezogen ist. Wegen »gefühlschemischer Prozesse« zwischen den beiden. Was so viel heißt: Wir haben uns lieb, halten es aber miteinander nur schwer aus. Ich halte es mit beiden aus, was nicht nur für alle Beteiligten einfach ist, sondern auch für mich, denn gut die Hälfte des Jahres bin ich bei Paps, vor allem in den Ferien. Mam steht auf Weiter- und Fortbildung, was bedeutet, je weiter sie fort ist, desto mehr bildet sie sich. Ich sorge währenddessen bei Paps für einen Hauch von Ordnung. Räume also so gut wie alles weg, was sich von Ferien zu Ferien so angesammelt hat. Dazu brauche ich immer eine Woche. Wie jetzt auch. Nur jetzt sind gar keine Ferien, sondern herrlichster Mai, mein Lieblingsmonat. Weil man meist keinen Schal und keine Mütze mehr braucht. Und weil das Bad Göttersteiner Freibad (mit Paps'

Sonnenuntergang vor dem Sprungturm) öffnet. Und weil die Maidult in Bad Götterstein den Hotspot der Gegend bedeutet (und Paps' Sonnenuntergang am Rathaus von Bad Götterstein besonders gut zur Geltung kommt). Und man Waldmeistereis in der Eisdiele am Marktplatz bekommt (ohne Sonnenuntergang), das die Zunge so schön pelzig macht. Man kann kaum verstehen, warum Mam ausgerechnet jetzt zu Wüstenyoga in der Sahara aufgebrochen ist. Mir ist sowieso schleierhaft, wie man sich die Füße um den Kopf wickeln kann, wenn es selbst im Schatten der Kamele 60 Grad hat und Sandkörner die Yogamatte in ein Folterbrett verwandeln.

»Karlottildchen, Klottimaus, das musst du dir ansehen!« Paps' Stimme ist merklich undeutlicher geworden, ungefähr so, als würde er aus einem Erdloch sprechen, und ich ahne, was ihn so begeistert. Seit ich letzte Woche mit der Heckenschere durch Paps' Garten gepflügt bin, kann man einzelne Pflanzen viel besser erkennen. Davor hatten ausgedehnter Mairegen und Wärme Paps' Garten regelrecht explodieren lassen. Ich hätte mich nicht gewundert, wenn zwischen den gigantischen Farnwedeln und den knallrosa Pfingstrosen Urzeittiere gegrast hätten. So muss man sich das Früh-Tertiär vorstellen, hätte Frau Grünäugel gesagt. Frau Grünäugel ist unsere neue Biologielehrerin, die erst vor Kurzem die Klasse übernommen hat und ein Tempo vorlegt, als wolle sie aus uns allen Forscher und Erdenretter machen. Paps findet alles super, was sie uns beibringt, obwohl er sie gar nicht kennt. Aber Paps hat eine Schwäche für die Farbe Grün im Allgemeinen und für grüne Augen im Besonderen. Als ich ihm erzählte, dass

Frau Grünäugel ihrem Namen alle Ehre macht, malte Paps sofort mit einem grünen Kugelschreiber wildes Rankengewirr, Blumen und Blätter auf einen Fitzel Altpapier, den ich beim Aufräumen übersehen hatte. Als ob Paps der geborene Gärtner wäre! Vegetatives Gärtnern nennt er das unkontrollierte Verwildern seines Gartens, dem ich die vergangene Woche entgegengewirkt habe.

»Petzellott, Meier Lottchen, jetzt komm doch mal!« Paps' drittem Ruf und siebter Verballhornung meines Namens kann ich kaum widerstehen. Weil nämlich Variationen meines Vor- und Nachnamens zu meinen absoluten Lieblingshassdingen gehören und weil Paps' Stimme nun wirklich besorgniserregend begeistert klingt. Wie gesagt, Paps ist keine Plaudertasche, und dass ihm die Frauenherzen trotzdem zufliegen, ist seinen unendlich variationsreichen Dackelaugen zu verdanken. Ich bin dagegen immun, außerdem kann ich sie jetzt nicht sehen, sondern höre nur, wie Paps aus den Silben meines Namens ein unsägliches Gulasch fabriziert. Dem muss ich jetzt ein Ende machen.

»Paps, hast du Tollkirschen genascht oder warum quatschst du wie ein Wasserfall? Wo bist du überhaupt? Hallo, ich suche dich!«

»Karltschipetz, hier hinten!«

Ich schlängle mich durch die schmale Schneise, die ich zwischen die Farne, den Flieder und die Pfingstrosen geschnitten habe. Paps' Namenskompositionen kommen aus der hintersten Ecke des Gartens. Dort, wo wir vor Jahren ein kleines Gemüsebeet angelegt haben, damit ich immer »was Gesundes« zu essen bekäme. Dort, wo jährlich außer einer Tomate, einer Gurke und einem Riesenkürbis nichts wächst.

»Du wirst es nicht glauben, Rapunzelpetz, wenn du es nicht gesehen hast!«

Mir wäre lieber, ich hätte das Wort *Rapunzelpetz* nicht gehört. Wenn Paps neue Silben zu meinem eh schon silbenreichen Namen hinzufügt, kommt das Alarmstufe Rot gleich. Dann ist Paps auf der Startrampe in neue Sphären. Meist folgt dann ein Kreativschub ungeahnten Ausmaßes. Das ist manchmal ein Segen, zum Beispiel, als er sich in seine derzeitige eventuelle Noch-Freundin Rosalia Tarantula verliebte und unsere Ferien auf dem Campingplatz eine glückliche Wendung nahmen. Bei der Ausstattung der Bad Göttersteiner Eishalle wäre daraus beinahe eine Katastrophe geworden, was aber mehr an der übermotivierten Marketingchefin lag. Und als wir letzten Herbst bei einem Preisausschreiben eine Reise (okay, nur in das 30 Kilometer entfernte Waldesruh) gewonnen hatten, hat Paps mit einem Kreativschub das abgeranzte Hotel Kuckucksruf aus dem Schneewittchenschlaf geholt und die Besitzerin auch gleich mit dazu, hüstel. Jetzt hier, in seinem eigenen Garten ohne neuen Auftrag in Sicht, wäre mir ein Kreativschub nicht so recht. Die Leidtragende bin immer ich, denn Paps ist dann alltagsuntauglich. Das wäre jetzt ganz schlecht, denn ich werde ihn für eine Woche allein lassen müssen. Noch weiß er nicht, dass Frau Grünäugel eine Exkursion zum Biohof geplant hat, und zwar gleich nächste Woche. Eine Woche im Grünen werkeln, unter dem Motto *Grün dir einen*, wie sie vor zwei Tagen freudestrahlend verkündet hat. Herzlichen Dank auch, wollte ich schon rufen, das habe ich schon hinter mir, aber ich hielt den Mund, nachdem die ganze Klasse in ein unkontrolliertes Hurra ausgebrochen war. Bis auf die Ballett-Sisters Lissy und Sissy, deren Welt nur aus Tanz besteht. Bis auf mich und Paul. Mein Paul, aber eben gerade nicht mein Paul. Doch das ist eine längere Geschichte. Ich muss jetzt erst wieder Paps von der Startrampe kriegen.

»Karlotta, hast du schon einmal so etwas Schönes gesehen?«

Obacht, wenn sich Paps für meinen echten Namen entscheidet, ist Hopfen und Malz verloren. Und dann sehe ich sie. Eine Frühlingszwiebel. Mindestens einen Meter lang, ein glänzendes Köpfchen, groß wie eine Orange, der Zwiebeltrieb in allen Stufen des Maigrüns gefärbt und die Zwiebelwurzeln so manierlich angeordnet, als wären es frisch gelockte Haare. Aus unerfindlichen Gründen sorgen zwei schnittlauchgrüne Einsprengsel am Fruchtkörper dafür, dass sie wie Augen aussahen. Und Paps hat seine Backe an die Zwiebel gelegt und haucht: »Ist sie nicht wunder-, wunderschön? Ich werde jetzt Gärtner!«

Ja, man darf jetzt Mitleid mit mir haben! Paps ohne mich, allein mit dem Spaten, einer Heckenschere und 30 Millionen Pflanzensamen. Dornröschen war gestern. Ich ziehe eine weitaus mickrigere Zwiebel aus dem krümeligen Grund und schiebe Paps und seine Vorzeigezwiebel Richtung Häuschen. »Komm, Paps, ich muss dir was sagen und außerdem mache ich aus ein paar Eiern und mit deiner neuen Freundin hier ein richtig schönes Omelett für uns beide!«

Karlotta für alle

Paps macht wirklich ein bekümmertes Gesicht, als ich ihm von Frau Grünäugels Plänen berichte. Ich weiß nicht genau, ob es Eifersucht ist, weil er auch mitfahren will, oder aus Kummer über eine Woche allein in seinem Häuschen und Garten.

»Meier Lottchen, ich genieße es doch immer so, wenn du bei mir bist. Da kann ich ganz anders arbeiten, du bist mein Kreativmaskottchen, mein Glücksbringer, mein Kreativlottchen!«

Na, Putzfrau würde es wohl eher treffen. Bisher konnte ich nicht beobachten, dass ausgerechnet ich der Grund für seine Kreativschübe gewesen wäre. In der Regel waren es Frauen im reifen Alter zwischen 29 und 35, die Paps grüne Augen gemacht hatten. Ich hatte bei den Kreativschüben eher den Part, alles wieder ins Lot zu bekommen und hinterher aufzuräumen. Was mir meistens auch gelang, dank Paul. Ach ja, Paul. Zwischen mir und Paul herrscht zurzeit Funkstille. Was eventuell mit dem 1. Mai zusammenhängt. Da macht das Bad Göttersteiner Freibad auf. Ja, das mit dem Sonnenuntergang von Paps, direkt hinterm Sprungturm. Aber das ist nicht das Problem, nur der Auslöser. Traditionell, also seit einem Jahr, als das Gemälde eingeweiht wurde, gehen Paul und ich immer am Eröffnungstag ins Freibad. Ich nenne es, das Freibad begrüßen, Paul nennt es die erste und letzte Begegnung mit Sonne und Wasser, denn frische Luft ist ja nicht so seins. Eher tagelang anhaltende Schachwettkämpfe in nach Schweißkäsefüßen stinkenden Turnhallen. Nachdem ich also einen piekfeinen neuen Bikini in Bad Göttersteins einzigem Laden erworben hatte, in dem ich dank meiner neuen Figur nicht mehr in der Kinderabteilung einkaufen musste, war der 1. Mai gesetzt. Also bei mir. Ich dachte gar nicht daran, dass ich Paul daran erinnern musste. Ich meine: 1. Mai! Unser Freibadtag! Als ich dann am 1. Mai mit dem neuen Bikini in der Tasche und einem halben selbst gebackenen Kuchen in der Hand vor Pauls Haus stand, hielt sich seine Begeisterung in Grenzen. Meine dann auch, als ich Paul sah, der dicke Cordhosen, einen unsäglich grobmaschigen Pullover und einen Schal trug. Ich verstand ihn nicht, es hatte immerhin 17 Grad und die Luft perlte nur ganz leicht. Wer spricht da schon von Nieselregen? Gut, es war noch früh am Tag, 7.30 Uhr, und das Freibad würde erst um 9 Uhr aufmachen, aber so ein wenig gemeinsames Vorfreuen ist doch die halbe Miete. Und sonst holte ich ihn ja um diese Zeit auch zur Schule ab. Paul schwieg mich damals mit seinen kleinen Mausaugen hinter den Brillengläsern eisern an. Es waren neue, eingefasst von einer Nerdbrille mit dicker Hornfassung statt dem üblichen Harry-Potter-Gestell, das ihn zum Zwilling des Zauberers gemacht hatte. Seine Sommersprossen stachen wie klitzekleine Grießperlen aus seinem ansonsten weißen Gesicht. Seine absolut perfekten Lippen – ja, Paul hat das, was man einen traumschön geschwungenen Dahinschmelzmund nennt – klebten wie ein Strich aufeinander und öffneten sich erst, nachdem ich ihn angepflaumt hatte: »Paul, du Wollhorn, du wirst untergehen wie ein Sack, wenn du in diesen dicken Kleidern schwimmen gehst!«

Paul hustete damals, also vor 14 Tagen, etwas. Dann murmelte er. »Karlotta, so früh? Heute ist doch schulfrei!«

Ich muss ihn fassungslos angesehen haben. »Natürlich ist schulfrei, es ist der 1. Mai. Hallo, Freibad, Tradition, wir beide?!«

»Aber Karlottchen, wir wollten doch mittags mit dem Zug nach Regensburg zu einer Ausstellung barocker Schachfiguren fahren!«

Ich konnte mich damals an null Komma keine Schachfiguren erinnern. Schon gar keine barocken. Und noch viel weniger an Regensburg. Schweinfurt, na gut, das hätte ich mir noch eingehen lassen, dann hätte ich, während Paul sich an den Bauern, Türmen, Königinnen und Königen erfreute, Patty Stempfhuber besuchen können. Meine barbiehafte, aber trotzdem Busenfreundin und ihre bomfazionösen Eltern, die mich mit »Wörschdla und Brödla« gefühlte 40 Mal vor dem Hungertod gerettet hatten. Aber Regensburg! Regensburg existierte in meiner inneren Weltkarte nicht, schon gar nicht am 1. Mai. In der Zwischenzeit hatte der Regen zugenommen und Paul stand zitternd im Türrahmen.

»Gut, dann machen wir getrenntes Freizeitprogramm, du gehst schön Schach spielen und ich schwimmen. Fängt zumindest alles mit sch an!« Ich glaube, so oder ähnlich waren meine Worte, als ich mich von Paul, dem amtierenden Schachjugendmeister von Bad Götterstein, abwendete und bei strömendem Regen ins Freibad radelte. Seither habe ich Husten, und Paul meint, dass ich altersbedingt zickig sei. Ich finde, er benimmt sich für sein Alter unangemessen langweilig. Barocke Schachfiguren, geht's noch?! Zwischen uns herrschen seitdem »gefühlschemische Prozesse«, die wir bisher nicht so recht in den Griff bekommen konnten. Und eine Woche *Grün dir einen,* kriechend im Schlamm, bis zu den Knien in Humus und Unkraut, inmitten von Mücken und Zecken, mit Hacke und Schaufel statt mit Turm und Läufer bewaffnet, würden Pauls Laune nicht heben, meine allerdings auch nicht.

»Paps, für die Exkursion brauche ich noch 50 Euronen Unkostenbeitrag, sonst muss Frau Grünäugel ihren Bausparvertrag auflösen, um das Geld vorzustrecken. Ist schließlich ein Biohof, und das kostet eben. Das siehst du doch auch so, Paps, hm, die arme, arme Frau Grünäugel?«

Zwiebel, sei wachsam!

Vielleicht hatte ich einmal zu viel Frau Grünäugel erwähnt, oder es ist die Sache mit den 50 Euro oder eben die Tatsache, dass ich tatsächlich zu der Exkursion fahren würde. Jedenfalls schiebt mir Paps wortlos, dafür aber mit Augen und Stirnfalten wie ein Dackel, wenn er drei Schnitzel gestohlen hat, einen 50-Euro-Schein über den Tisch.

»Natürlich, Petziherz! Das ist der Lohn meines letzten Auftrags, nimm ihn nur!«

Ich weiß nicht, was ich sagen soll, und ich weiß auch nicht, was mich mehr bestürzt. Der mickrige Lohn oder die Tatsache, dass Paps auch sein letztes buntes Hemd für mich geben würde. Ich bin kurz davor, die Exkursion wegen Husten abzusagen, da sehe ich den Zettel, den Paps noch hinterherschiebt.

EVERGREEN
Wir lassen's wachsen

Sehr verehrter Maler Petzmeier,

Ihr Werk ist die größte Freude der letzten Jahre. Die Kunden werden es Ihnen danken und wir auch. Leider noch nicht in der Form, wie wir gern wollten, denn das Geschäft ist derzeit ein wenig mau, aber das wird sich durch Ihr Gemälde bald ändern. Das hier schon einmal als Anzahlung. Und Samen und Zwiebeln bekommen Sie selbstverständlich auf Lebenszeit!

Ihr Karl Gustav Knopf

Abs.: Karl Gustav Knopf jun.
Im Wurzelgrund 2, Bad Götterstein,
Tel. 088/99 67 89 oder 0178/32445566

Wie jetzt? Samen und Wurzeln auf Lebenszeit? Bitte, will uns dieser Karl Gustav Knopf umbringen? Ich beginne mir ernsthaft Sorgen um Paps' nahe Zukunft zu machen. Seinen Hang zur Übertreibung kenne ich. Wenn Paps etwas zu seinem Ding macht, ist es immer groß. Riesige Wandgemälde in Eishallen, Ausmalen ganzer Hotels oder Hunderte von Speisekarten per Hand malen!

»Sag mal, dieser Knopf ist aber auch ein Komiker, oder? Von den Samen und Knollen kann man ja erst in einem Jahr abbeißen, wenn überhaupt, denn bisher waren wir ja nicht so erfolgreich im Ackerbau?« Ich blinzle Paps an, der mit waidwundem Blick meiner Hand folgt, die den Brief samt 50-Euro-Schein hält. Sicherheitshalber lasse ich das Geld in der Hosentasche verschwinden, in der einzigen Hose, die derzeit nicht in dem ungewaschenen Haufen vor der Waschmaschine liegt. Paps hat nach dem letzten Waschgang gequälte Töne – ja, so drückte er sich aus – aus der Trommel gehört, anschließend hatte sich der Schlauch mit dem Spülwasser selbstständig gemacht. Bei näherer Untersuchung der Maschine ist Paps zwar auf ein Eldorado an Grüntönen gestoßen, das sich aus Waschpulverresten und Kalk gebildet hatte, aber leider sind genau diese Ablagerungen für Maschinen ein Giftcocktail. Seitdem steht die Maschine ohne Schlauch da, und die Wäscheberge werden immer größer, weil ich neben meiner Funktion als Mädchen für alles nicht auch noch zum Münzwaschsalon rennen kann. Mittlerweile sehen wir aus wie Globetrotter, die immer zwischen zwei T-Shirts hin- und herwechseln, während das andere auf der Leine trocknet.

Paps schweigt. *Paps, Paps, Paps, wie willst du nur ohne mich zurechtkommen?*

»Kannst du nicht zu Rosalia fahren?« Ich beiße mir auf die Lippen. Mir ist völlig klar, dass Rosalia Anfang Mai Besseres zu tun hat, als Paps zu bespaßen. Die Hochsaison für den Campingplatz, den sie betreibt, beginnt und in ihrer dazugehörigen Pizzeria herrscht Hochbetrieb. Moment mal, aber da müsste sie doch eigentlich Hilfe gut gebrauchen können?

Paps hat die Stirn in viele Tausend Querfalten und eine steile Senkrechtfalte gelegt, als er mir antwortet: »Ich weiß nicht, ob das so eine gute Idee wäre, wo ich doch gerade hier meine Berufung als Gärtner gefunden habe? Du kennst Rosalia. Dann will sie wieder, dass ich 80 Speisekarten male, die Geranien am Zaun gieße und den Leuten beim Zeltaufbauen helfe. Ganz zu schweigen von der Sache mit dem Sonnenuntergang …«

Ich winke ab, die Geschichte mit dem halb fertigen Sonnenuntergang an der Rückseite der Pizzeria hat die Beziehung von Rosalia und Paps stark abkühlen lassen. Vor allem als Paps die Malarbeiten abgebrochen hatte, weil Rosalia eine echte Sonne, die ins Meer sinkt, wollte und keine Pizza, die wie ein Frisbee im Landeanflug über die Wasseroberfläche segelt. Das war vor zwei Monaten gewesen, seither herrschten auch zwischen Rosalia und Paps jene gefühlschemischen Prozesse, die mit dem Abstand von 650 Kilometern am besten auszuhalten sind.

»Ich geh dann mal packen, Paps, dauert nicht lange! Wir fahren Montag in aller Früh los, dieser Biohof *Knackige Karotte* liegt bei Grünmandlskreuth, das ist schließlich nicht ums Eck!«

Ich versuche, das Wort *Grünmandlskreuth* so flüssig wie möglich auszusprechen, scheitere aber bei der Abfolge von sechs Konsonanten. Trotzdem schiebt sich ein Lächeln auf Paps' Gesicht, als er das Wort *Grün* hört, doch dann hebt er wieder verzagt seine Augenbrauen. Sein Kreativschub scheint vorüber, so weit, so gut, er würde den Garten vermutlich nicht in ein Botanikum verwandeln, leider aber auch nicht den Wäscheberg in einen strahlenden Stapel wohlriechender Kleider und das Chaos seiner bemalten Gläser in eine sinnvolle Ordnung. Den traurigen Moment durchbricht mein WhatsApp-Klingelton *The Sound of Silence.* Simon and Garfunkel hatten eben immer schon einen Sinn für theatralische Momente.

du dreulose domade, du? kann doch ned sein, dass des grünzeuch dich verschluggt had? schmatzi patti 😎

Patty, die Gute, meine fränkische Barbiepuppe mit dem Sinn für das Wesentliche: also Wörschdla und Brödla, Mode und Jungs. Ich hatte sie über meiner ausgedehnten Gartentätigkeit und der bevorstehenden Gartenexkursion ein bisschen vernachlässigt, was so viel heißt, dass ich nicht 18 WhatsApps am Tag schicke, sondern nur acht, die letzte vor vier Stunden. Vermutlich eine nicht vorstellbare Auszeit für Patty, die von Herzen gut, aber sonst nicht die hellste Birne am Kronleuchter ist. Egal, ich liebe sie!

sweety, ich muss packen, next week bioexkurs. schlammbuddeln mit grünäugel. paps hat den grünen daumen, bussipetz!

grausich! liechd dei baba bonbon im krangenhaus? muss ich mir sorchen machen? 😕

Wie gesagt, Patty ist nicht die Schnellcheckerin und bei Kurznachrichten fehlt ihr manchmal das Abstraktionsvermögen. Aber sie ist mir ein Trost in schweren Zeiten, zum Beispiel jetzt, wenn ich wieder einmal mit einem windigen Jutebeutel, einem T-Shirt, Zahnbürste und Gummiclogs bewaffnet in die Welt hinausziehe, und die beginnt gleich hinter dem Ortsschild von Bad Götterstein.

Dumm gelaufen

Montagmorgen. Der Bahnsteig, an dem der Bummelzug nach Grünmandlskreuth einlaufen soll, ist proppenvoll, und so sehe ich es nicht gleich. Also ich sehe natürlich gleich meine Klasse, denn die immer selben Nasen kaspern herum, und der andere Teil versucht sich unsichtbar zu machen, so auch mein Paul, der, wie schon gesagt, nicht mehr mein Paul ist. Ihn sehe ich natürlich als Erstes. Er hat sich hinter einem achtstöckigen Sandwich versteckt, das vermutlich die Mittagspause hätte sein sollen. Unglaublich, was der Junge verdrücken kann, ohne auch nur ein Gramm auf die Rippen zu bekommen. Darin sind wir uns ähnlich. Wir sehen beide aus wie zehn, fühlen uns aber wie mindestens doppelt so alt. Vermutlich liegen darin viele Missverständnisse begraben, die uns derzeit trennen. Als Nächstes sehe ich meine gute Freundin Lola, die sich mit ihrem silbrig schimmernden Top, den goldenen Hot Pants und Glitzer-Ballerinas auf dem Biohof *Knackige Karotte* sicher super machen wird. Vermutlich hatte sie nur das Wort *knackig* gelesen und danach die Garderobe gewählt. Ihren Eltern gehört die preisgekrönte Metzgerei von Bad Götterstein. Ja die, in der mein Paps auch schon mal einen flotten Sonnenuntergang mit Wurstteller davor gemalt hat. Lolas Eltern sind der Grund, warum ich nicht Vegetarier werde. Sie verarbeiten nur glückliche Tiere, sagt Paps, der in dieser Beziehung richtig sensibel werden kann.

Lola fächelt nervös mit den Händen vor ihrem Gesicht. Kein gutes Zeichen. Sissy und Lissy fächeln auch mit den Händen, und Manolo, der erste Schwarm meines Lebens, als es mir noch mehr auf das Äußere ankam und ich noch nicht kapiert hatte, dass er das Hirn einer Weinbergschnecke hat, macht ein Gesicht, als müsse er mit seinem besten Freund Paul – ja, man glaubt es kaum, das ungleiche Paar! – um den Titel des Schachweltmeisters spielen. Aus dem trüben Haufen leuchten Frau Grünäugels rote Haare fröhlich hervor. Ihr Gesicht mit den 7654 Sommersprossen auch. Und am allermeisten ihre minzgrünen Augen. Sie sieht aus wie 16, ist aber bestimmt schon 26 und frischgebackene Lehrerin. Also noch voller Ideale. Wer sonst käme auf die Idee, mit einer 8. Klasse in eine biodynamische Projektwoche zu fahren? Keine zwei Minuten später sehe ich, wer sonst noch auf die Idee kommt, und verstehe langsam die fächelnden Hände meiner Klassenkameradinnen.

Keine Haare, kleine Augen, Hose bis über den Bauchnabel, Krawatte zum Karohemd und Gesundheitslatschen mit Socken: Dr. Andreas Würglein, Mathematik- und Erdkundelehrer, sieht nicht nur aus, wie sein Name rückwärts gelesen, sondern ist als Lehrer wie die erste Silbe seines Namens. Frau Grünäugel, die den geschätzten Kollegen vermutlich ähnlich prickelnd findet wie wir, hat sich zu uns allen herumgedreht und bedauernd die Arme gehoben. Sie versucht, gegen den Lärm auf Bahnsteig 3b anzuflüstern, was irgendwie rührend ist.

»Es war kein anderer Begleitlehrer zu entbehren, es ist Abi-Zeit und alle verfügbaren Lehrer müssen in der Schule bleiben!« Sie zwinkert mit einem Auge und sieht aus wie eine von uns, nur ein paar Zentimeter größer. Würgleins Ruf ist legendär. Seit Jahren schon weigert er sich, Abiturprüfungen abzunehmen, weil ihn die Dummheit der Schüler wahnsinnig macht. Würglein ist kein Menschenfreund und somit schon gar kein Kinderfreund. In der speziellen Kombination mit dem Lehrerberuf ist aus Würglein ein echtes Ekelpaket geworden, das nun kurz vor der Pensionierung steht. Frau Grünäugel, die ja neu ist, merkt allmählich, welche tickende Zeitbombe da mitfährt, weil sich Würglein mit schneidender Stimme in die Zugtür stellt und jeden Schüler einzeln mit Nachnamen hereinbeordert. Als »Petzmeier« durch die Luft saust, ist die Hälfte der Klasse schon verladen, wer einen zu großen Koffer dabeihat, wird von Würglein mit einem »Na, die eigene Matratze dabei, Prinzessin auf der Erbse?« bedacht. Bei mir und meinem Jutebeutelchen ist das ja nicht zu befürchten, trotzdem hat Würglein auch für mich eine Nettigkeit parat: »Petzmeier, mit deinen Eltern muss ich mal ein ernstes Wort reden, so geht man doch auf keine Exkursion!« Dabei fuchtelt er mit seinem knorrigen Zeigefinger vor meinem zugegeben etwas mickrigen Jutebeutelchen herum. Ich drücke mich schnell mit einem »Viel Spaß« an ihm vorbei, genau in dem Augenblick, als *The Sound of Silence* aus meiner Hosentasche dudelt. Nur dem schrillen Pfiff des Zugführers habe ich es zu verdanken, dass Würglein nicht auch noch eine Handy-Debatte lostritt, denn er muss nun fix die letzten fünf Schüler hereinschreien.

seid ihr schon in karoddenhausen?
denk an dich, paddy kussi 😊

nö, katastrophenfall. würglein, die
pestbeule, fährt mit! abfahrt
verzögert sich um fünf
standpauken. zug zittert vor angst.

Während ich knibble, suche ich mir einen Platz. Der Zug ist rappelvoll, und ich rätsle, was die alle in Grünmandlskreuth wollen, als ich aus dem Augenwinkel ein Plätzchen entdecke. Während ich Pattys Antwort lese, lasse ich mich in den Sitz plumpsen.

grass. dumm glaufen. drodsdem
spass, padsyschmadsi! 😊

Erstaunlich, wie Patty selbst im Schriftlichen den Dialekt nicht rausbekommt. Der Zug setzt sich in Bewegung und der seltsam geformte Kopf von Würglein ragt zur Abteiltür herein. Oben schmal, eng stehende Augen und um die Mundpartie wie eine Kokosnuss. Affig irgendwie. »Petzmeier, Handy aus, aber dalli!«

Man möchte so gerne »Chill ma, Gorilla« rufen, aber das würde die Situation nicht verbessern. Was sie auch nicht verbessert, ist, dass Paul mir genau gegenüber sitzt und sich nicht mehr hinter seinem Sandwich verstecken kann, weil er es inzwischen aufgegessen hat. Daneben sitzen die beiden

Strebernasen Willibrod und Kalki. Ich muss beim Auswählen des Platzes nicht bei Sinnen gewesen sein, und ich verstehe langsam, warum man beim Autofahren nicht mit dem Handy spielen sollte. Noch viel blöder und eine wirkliche Katastrophe ist, dass Würglein auch noch den Rest seines Körpers in das Abteil gewuchtet hat und sich neben mich fallen lässt. Paul macht sofort Anstalten, sich zu erheben. Das sieht immer ein wenig aus, als würde sich ein Taschenmesser ausklappen. Dabei murmelt er was von »Muss noch nachlesen, wie man eine Schachpartie auch ohne Königin gewinnen kann, Manolo hat da so ein Buch«.

Ich sehe Paul echt verzweifelt an. Lieber eine schnelle Versöhnung mit Paul als mit Würglein allein im Abteil. Von den beiden Strebernasen Willibrod und Kalki mal abgesehen, die beide mit den Nasen in Tabellen zur Bodenverbesserung stecken und sich angeregt über Säurewerte und Humusdichte austauschen. Wo ist Lola, wo Manolo, wo sind die Ballett-Sisters? Aber ohne Versöhnung kann ich Paul nicht einfach hinterherrennen.

Als wir in einen Tunnel einfahren, dudelt gut vernehmlich *The Sound of Silence* aus meinem Jutesäckchen. Ich hatte das Handy nicht ausgestellt. Die Exkursion ist noch keine Stunde alt und mein neuer bester Feind, Gozilla Würglein, sitzt neben mir. Ich sehe ziemlich schwarz, nicht nur wegen des Tunnels. Man kann es auch so ausdrücken: Die Exkursion steht unter keinem guten Stern, und ich weiß nun endlich, was ein Tunnelblick ist. Würglein hat mir mit den Worten »So Fräuleinchen, das mobile Endgerät macht jetzt eine kleine Denkpause, das spart Geld und schont die Nerven!« das Handy aus der Hand genommen. Dann verschwindet mein Handy, meine Verbindung zur Außenwelt, in der Hosentasche von Würgleins formschönen Beinkleidern und klingelt fortan Simon and Garfunkel von dort aus, weil Würglein zu blöd ist, mein Handy auszuschalten. Ich frage mich zu dem Zeitpunkt, wie lange es wohl dauern wird, bis Patty merkt, dass ich nicht antworte. Sie hat da manchmal buchstäblich eine lange Leitung und textet mich einfach zu, ohne eine Antwort abzuwarten.

Ich stiere den Rest der Reise vor mich hin. In jedem Tunnel dudelt zuverlässig *The Sound of Silence* und auch Paul ist natürlich nicht wieder zurückgekommen. Ich reise mit drei Nerds, bis ich mich schließlich samt meinem Jutebeutelchen auf den Weg durch den Zug mache, um Lola zu suchen. Genau zum richtigen Zeitpunkt, nämlich als wir in Grünmandlskreuth einlaufen. Würglein steht schon am Bahnsteig, bevor der Zug überhaupt richtig zum Stehen gekommen ist, und pfeift uns wieder namentlich raus. Vermutlich ist das auch das Klügste, was er machen kann, denn ich wäre sonst sitzen geblieben. Mein Bedarf an einer von Würglein geführten Projektwoche ist bei null Komma null Prozent angekommen. Lola zieht angewidert die Nase kraus, als sie den ländlichen Geruch von Grünmandlskreuth einatmet, der so eine Mischung aus Kuhkacka und Bratkartoffeln ist, was mich schlagartig auf Wörschdla und Brödla bringt. Hoffentlich verarbeiten die Typen von der *Knackigen Karotte* nicht nur ihre eigenen Anbauprodukte, sondern auch ein paar herzhafte Grünmandlskreuther Spezialitäten.

The Sound of Silence

Bei unserer Ankunft vor einer Stunde wusste ich noch nicht, was ich jetzt weiß. Da war ich noch voller Hoffnung, was die *Knackige Karotte* betrifft. Da war ich noch das, was man blauäugig nennt. Obwohl Frau Grünäugel was von »vegetarisch« gemurmelt hatte, als sie an ihrem Kollegen Würglein vorbei aus dem Zug hüpfte. Dank unserer Klasse machte der Bahnsteig einen belebten Eindruck, obwohl er mich stark an den Bahnhof Waldesruh erinnerte, wo ich mit Paps letzten Herbst dank eines gewonnenen Preisausschreibens gelandet war.

Frau Grünäugel machte auf Gute-Laune-Kerlchen und zupfte einen Plan aus ihrem Rollköfferchen, auf dem der Weg zum Biohof verzeichnet war. Ganz ehrlich, das sah schon nach einem ziemlichen Fußmarsch aus, und ich bin nicht gut im Kartenlesen. Paul, der ja im Abstrakten so was von zu Hause ist, runzelte auch die Stirn und sah mich das erste Mal an diesem Tag nett an. Lola und die Ballett-Sisters fächelten um die Wette, und der Rest der Klasse war maulig ohne Ende, schon wegen des Kuhkackageruchs. Nur Manolo verbreitete unerschütterlich gute Laune, indem er verkündete, es würde so riechen wie bei seinen lieben Großeltern. Ich erinnerte mich, als ich noch in Manolo verknallt war, dachte ich wirklich, seine Großeltern würden ein Weingut in Spanien betreiben, wo Manolo barfüßig in großen Fässern Trauben stampfte. In Wahrheit lebten seine Großeltern schon Jahrzehnte lang in Deutschland und hatten hinter der Bad Göttersteiner Kompostieranlage – nein, kein Sonnenuntergang von Paps, der hatte sich geweigert, in dem Gestank zu malen, obwohl die Bezahlung fürstlich war – einen Schrebergarten.

Wir wackelten missmutig hinter Frau Grünäugel her, die zusammen mit Manolo wie eine Animateurin in einer Gruppe Schwererziehbarer wirkte. Würglein bildete das Schlusslicht und konnte so nicht gleich das ganze Ausmaß der Katastrophe sehen, als wir nach einer halben Stunde Fußmarsch bei der *Knackigen Karotte* ankamen. Also dort, wo *Knackige Karotte* draufstand. Ein Schild, das schon bessere Tage gesehen hatte. In Karottenform, die Spitze war abgebrochen. Mit ungelenker Kinderhandschrift hatte jemand *Knackige Karotte* daraufgeschrieben. Zu lesen war allerdings nur *...nackige ... rotte*. Hinter dem Schild, das wohl den Eingang zum Biohof kennzeichnen sollte, erstreckte sich Agrarland. Oder besser nur Land ohne Agrar, denn es sah merkwürdig karg und dürr aus. Keine üppig grünenden Felder, nur wenige faserige Büschel in unordentlichen Reihen, an einigen Stellen mit Planen abgedeckt. Eine ziemlich kraftlose Sache, irgendwie staubig. Vielleicht wächst Biozeug langsamer, schoss es mir da noch durch den Kopf, und ich suchte aus alter Gewohnheit nach der Hand von Paul, der in dem Augenblick rein zufällig neben mir stand. Das war vor zwei Minuten.

Jetzt steht er nicht mehr neben mir, denn ich habe mich

recht schnell von meinem ersten Schock erholt und zu Frau Grünäugel aufgeschlossen, als diese die Besitzer der *Knackigen Karotte* begrüßt. Und die sind so ziemlich das Gegenteil ihres kargen Biohofs. Die Mama, ich nehme mal an, sie ist es, trägt Pluderhosen und ein sehr fransiges T-Shirt, an dem sie wohl die Kunst des Batikens ausprobiert hat. Papa Knackige Karotte ist äußerlich mit den Wollschweinen verwandt und hat freundliche Augen, die sich hinter einem monströsen Bart verstecken. Daneben lungert ein Mädchen herum, das in etwa so alt sein dürfte wie wir alle. Nur sieht sie nicht aus wie wir alle, denn sie hat ungebürstete Haare bis zum Po, trägt eine Latzhose (!) und eine Fellweste und sieht uns mit denselben freundlichen Augen an wie ihr Vater. Ich scanne die Situation in Sekundenschnelle ab. Mein Blick fällt auch auf Paul, der seinen Blick wiederum nicht von der Lady in der Latzhose abwenden kann. Ich werde mir darüber einen Kopf machen, wenn ich mir den letzten in der Freaktruppe angesehen habe. Ungekämmte Haare immerhin nur bis zu den Schultern, ansonsten das exakt gleiche freundliche Gesichtchen wie seine latzhosige und offensichtliche Zwillingsschwester. Hinter den vieren weht eine regenbogenbunte Peace-Fahne von einem ramponierten Balkon, der zu einem ramponierten Häuschen gehört, aus dem die wummernden Bässe eines Heavy-Metal-Songs dröhnen. Holla, die Waldfee! Ich habe mal gehört, dass Pflanzen zu Mozartklängen ganz besonders gut gedeihen. Bei dem Blick über die Felder könnte ich mir vorstellen, dass Heavy Metal auf junge Pflänzlein eine gegenteilige Wirkung hat. Allerdings nicht ohne Wirkung bleibt der gutmütige Blick des männlichen Zwillings, der nun auch noch Anstalten macht zu sprechen: »Griaß eich mitanand, seits eh guad okemma, kimmts eini, jetzad werds pfundig. Wui ohna was zdringa?«

Karlotta Petzmeier, hier sind nicht nur die Felder eine Herausforderung, sondern auch dieses Prachtstück von einem Öko-Eingeborenen. Ich werde mich schriftlich mit ihm verständigen müssen. Die gute alte Zettelwirtschaft. Ich kritzle was auf den Fetzen Papier, den ich in meiner Hosentasche finde, und halte ihn ihm hin:

Es ist die Rückseite des Briefs von Samen- und Zwiebelgroßhändler Knopf, den ich gedankenverloren zusammen mit dem 50-Euro-Schein bei Paps eingesteckt hatte. Irgendwas sagt mir, dass ich den mal lieber aufhebe. Und so kommt es, dass der männliche Zwilling noch mit dem Entziffern meiner Krakelschrift beschäftigt ist, als ich den Zettel bereits wieder falte und einstecke. Stattdessen halte ich ihm die Hand hin.

»Karlotta, freut mich!«

Hinter mir ist es still geworden. Sowohl Frau Grünäugel als auch Dr. Würglein und die Gurkentruppe, die meine Klasse ist, warten gespannt auf den nächsten Satz Eingeborenensprache: Hinterhinterniederbayerisch.

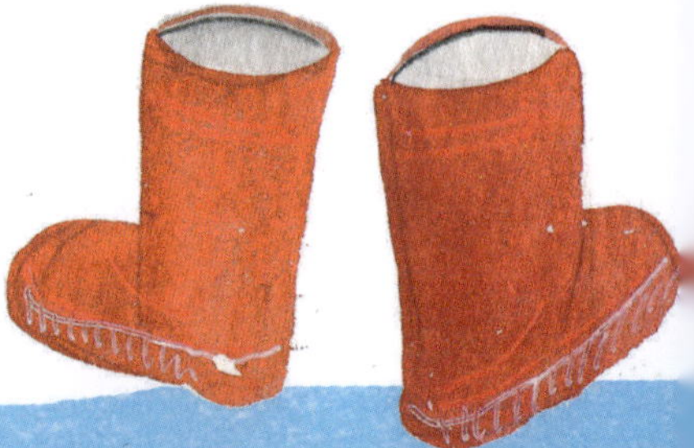

Was wächst denn da?

I bin da Gustl, des de Maxie«, so stellt der hübsche Biozwilling sich und seine Schwester vor, »de Olivia is de Mama und da Papa dat af Rasmus hern und ois mitnand samma die Grasober-Bibelburgers, kemmts ummi!«

Unser erster Riecher, was Grünmandlskreuth im Ganzen und die *Knackige Karotte* im Besonderen betraf, hat sich im wahrsten Sinne des Wortes als Treffer herausgestellt. Hier liegt wirklich der Hund begraben und dieser Biohof ist so weit von Bio entfernt wie ich von der Schachweltmeisterschaft. Als ich Frau Grünäugel frage, wie sie ausgerechnet auf diese Adresse gestoßen ist, winkt sie fahrig ab und ihre Augen verengen sich zu gefährlichen Schlitzen, schließlich murmelt sie so was wie »Der kann mich kennenlernen«. Allerdings verrät sie mir nicht, wer das Vergnügen haben wird. Vermutlich jemand, der ihr nahesteht. Doch allzu viel Zeit zum Nachdenken bleibt nicht. Nach der rustikalen Begrüßung, die niemand verstanden hat, lotst uns Gustl ins Haus und zeigt uns unsere Zimmer. Halt, nein, er zeigt uns DAS Zimmer. Denn wir schlafen alle im ausgebauten Speicher, auf der einen Seite die Mädels, auf der anderen die Jungs, hübsch getrennt durch eine Wäscheleine, über die ein langer, breiter Vorhang gespannt ist. Zu Pauls Sommersprossen gesellen sich hektische Flecken.

Mit allzu vielen Personen in einem Raum zu schlafen, ist ja nicht so seins, und ich will ihm aus alter Gewohnheit schon über den Kopf streicheln, als mir wieder einfällt, dass wir ja das Kriegsbeil noch nicht wieder begraben haben. Und es wohl auch so schnell nicht begraben werden. Erstens, weil Paul die Knopfaugen nicht von dieser Maxie lassen kann, und zweitens ich diesen Gustl gerade spannender finde als meinen schachverliebten Frischluftallergiker Paul, der mit spitzen Fingern dicke Staubflusen von seiner Bettstatt pflückt. Musste ja auch mal gesagt werden.

Nach der Zimmerbesichtigung ist meine Klasse ungewohnt still. Ich weiß nicht, was unsere Klasse mehr getroffen hat: Die Bettbezüge mit dem Karottenmuster. Die Karottensuppe mit den Kräuterknödeln als Einlage oder die Tatsache, dass die *Knackige Karotte* ein absoluter Sanierungsfall ist. Frau Grünäugel hat kurz mit den Grasober-Bibelburgers diskutiert, dann aber wegen Verständigungsschwierigkeiten aufgegeben. Dr. Würglein versucht alles mit Strenge auszugleichen und läuft so gegen das freundliche Wesen der gesamten Familie Grasober-Bibelburger an. Mama Olivia kann man nicht böse sein, auch wenn ihre Kräuterknödel, die auf einem langen Holztisch im Freien serviert werden, prima als Fensterkitt funktionieren würden. Papa Rasmus ist der Friedensengel in Person und erinnert mich stark an meinen Paps. Ab und an streicht er einem Pflänzlein gütig über die dürre Blüte und bespricht sich mit ihm. Warum die Pflänzlein so undankbar darauf reagieren und vor sich hin mickern, weiß der liebe Himmel. Maxie, die wild zerzauste Zwillingsschwester, hat sämtliche Jungs aus unserer Klasse in den Bann gezogen. Mit Händen und Füßen redet sie auf die Meute ein und verteilt Gartengeräte. Zu meinem großen Erstaunen kleben nicht nur Manolo und Paul an ihren Lippen, sondern auch die beiden Hobbybiologen Willibrod und Kalki. *Oberpeinlich* ist allerdings der weibliche Teil meiner Klasse. Dass die größten Streberliesen nun mucksmäuschenstill den Urlauten von Gustl lauschen, verwundert mich nicht weiter. Eher, dass sie nicht alles haarklein mitschreiben und sich permanent rückversichern, ob sie es richtig machen. Aber die Ballett-Sisters, die noch bis vor wenigen Stunden jede Gartenarbeit strikt abgelehnt haben, stehen nun in derben Schuhen und Kopftüchern neben der männlichen Zwillingshälfte. Und Lola, *meine* Lola, hat einen orangefarbenen Overall übergestreift und könnte damit als Mega-Karotte durchgehen. Cool bleiben, Petzmeier, sage ich mir, als ich mich ebenfalls in die Fangemeinde von Karotten-Gustl einreihe, der gerade das Unkrautjäten derart anschaulich erklärt, dass kleine Spucketröpfchen seinen Mund wie Sprühregen verlassen. Wirkt aber irgendwie gar nicht eklig. »Ziagtsesaussadeszefixnegwachs!« Süß, ich könnte ihm stundenlang zuhören. Gustl hat sein T-Shirt abgelegt und steht mit nacktem Oberkörper in einem Beet, in dem nichts außer Unkraut gedeiht. Ich habe Erfahrung damit, schließlich habe ich mich bei Paps eine Woche mit nichts anderem befasst. Lola zeigt mir ein Selfie, das sie von sich gemacht hat, mit Gustl im Hintergrund und dem Text:

Voll grün hier und der Bioboy gehört dazu

Nur der Versuch, es an ihre Mutter zu schicken, missglückt. Null Sendebalken. Und ich wäre mir auch nicht so sicher, ob Lolas Mutter, die eine gestandene Metzgersfrau ist, so glücklich über den halbnackten Gustl wäre. Lola ist permanent in irgendjemanden verliebt und teilt es allen ungefragt mit.

Unkrautjäten Teil 1 scheint vorbei, und wir trappeln nun alle folgsam hinter Gustl her, der sich auf eine seltsame Hügelkette am Ende der großen Beete zubewegt. Drei Hügelchen, die mit struppigen Buchsbäumen bewachsen sind. Dort steht schon die andere Hälfte der Klasse, also die Jungs mit Dr. Würglein, und lässt sich von Mama Olivia und Tochter Maxie erklären, wie man ein Hochbeet anlegt. Aha, mir scheint, die Familie Grasober-Bibelburger holt sich immer folgsame Exkursionsteilnehmer ins Haus, um endlich den Hof auf Vordermann zu bringen. Die Gruppe um Würglein wird die Sache mit dem Hochbeet übernehmen, wir, die Mädchenmannschaft, sollen uns um das Unkraut kümmern. Alle stimmen zu, weil man ja den fri-fra-freundlichen Grasober-Bibelburgers nichts abschlagen kann. Nur hätte ich gerne noch etwas zur Ungleichheit der Aufgabenverteilung gesagt, als sich die Ereignisse überschlagen.

Auch Gärtnern ist gefährlich

Nach gefühlten fünf Stunden, aber gemessenen zehn Minuten ertönt der erste Schrei. Er kommt aus meiner Gruppe, natürlich, die Mädchen wieder, und bleibt lange über der Klasse hängen, die sich in diesem dürren Stückchen Erde mächtig ins Zeug gelegt hat. Ich blicke auf und merke, wie alle zu mir hersehen, also nicht direkt zu mir, sondern neben mich, zu Lola, meiner Busenfreundin, die mit mir in der Erde wühlt. Jetzt sehe ich es auch. Lola sieht nicht mehr wie Lola aus, sondern wie ein Kürbis oder noch eher wie eine sehr große Aubergine. Ihr Gesicht hat sich dunkellila verfärbt, und überhaupt ist das eigentlich kein Gesicht mehr, sondern ein hochgegangener Hefeteig. Nun bin ich dran mit Schreien und nach mir sämtliche Damen meiner Gruppe, also die halbe Klasse. Inzwischen haben auch Lolas Arme die Dicke von Feuerwehrschläuchen und sind mit wässrigen Blasen überzogen. Ich werde leicht panisch und schreie noch lauter als alle anderen: »Lola, hör auf, solche Scherze sind nicht lustig!«

»If maffe keine Ferze!« Lola hat auch schon mal deutlicher gesprochen, schießt es mir kurz durch den Kopf. Und langsam dämmert es mir. Lola, meine süße, arme Lola, hat sich durch irgendeine Scheußlichkeit in nur wenigen Sekunden in einen Zombie verwandelt, der auf der Gruselskala ganz weit oben liegt. Unser hysterisches Chorgeschrei hat bewirkt, dass sich auch noch der hartherzigste Kerl nach uns umdreht, und das ist unser Mathelehrer. Mit einem Peng erhebt sich Dr. Würglein, der beim Anlegen eines Hochbeets echte Basisarbeit geleistet und das Fundament ausgehoben hat. Wahrscheinlich wollte er zeigen, was für ein fitter Bursche er noch ist. Jedenfalls hat er wie ein Wilder Berge Erde zur Seite geschleudert, bis er jetzt mit einem Schrei unser Schreien beendet. Anschließend kippt Würglein elegant zur Seite und bleibt mit angezogenen Knien auf dem Rücken liegen. Mir gefällt der Vergleich mit dem Maikäfer, den Paul ausspricht. Leider hört der Maikäfer nicht auf zu schreien.

In der Zwischenzeit ist die gesamte Familie Grasober-Bibelburger herangerast, zusammen mit Frau Grünäugel. In der Gemengelage ist nicht klar, wem zuerst geholfen werden muss, aber ich bin da ganz klar parteiisch und für Lola.

»Hierher, Frau Grünäugel, die Lola platzt gleich!« Man muss es nur drastisch genug schildern, schon hören alle hin. Das Schreien verstummt, auch das von Würglein. Papa Rasmus ist bereits im Wollschweingalopp über die kargen Felder zurück zu seiner Bruchbude gerannt und kommt mit einem Fläschchen zurück, das er gekonnt Lola an den Mund setzt.

»Schluck oba, Madl, des werd scho wiada, des is a Antihistamin!« Eins-a-O-Ton von Gustl, der Lola die Stirn tätschelt und dabei lauter kleine Dellen in ihrer Haut hinterlässt. Lolas Gesicht gleicht einer Latexmaske, aber unter der Latexmaske erkenne ich deutlich ein Lächeln. Sie wäre nicht meine Lola, wenn sie selbst als aufgedunsener Zombie das Streicheln hübscher Jungshände kaltließe. Allerdings ist sie alles andere als kalt, wie Frau Grünäugel feststellt, die sich nun zusammen mit Mama Olivia über Lola beugt.

»Des is a anafülaktischer Schock!« Wer hätte das gedacht, Gustl der Medizinmann.

»Na, die reagiert auf d' Brennnesseln!« Maxie mischt sich auch ein und zieht zum Beweis eine Brennnessel mit bloßen Fingern aus der Erde, reißt ein paar Blättchen ab und verspeist sie. »Mir macha die nixn!«

Na, das ist ja beruhigend. Aber ganz langsam weicht jetzt das Blaurot aus Lolas Gesicht. Anscheinend haben Papa Rasmus' Wundertropfen geholfen. Lola muss liegen bleiben, denn Paul hat schüchtern in die Runde geworfen, dass Dr. Würglein immer noch den Maikäfer geben würde und ob man da nicht was machen müsste.

Tatsache. Würglein liegt, wie er gefallen ist, im Staub. Als Papa Rasmus ihn mit einem wohlgemeinten Ruck hochziehen möchte, schreit Würglein erneut so laut, dass man es vermutlich noch in Downtown Grünmandlskreuth hört.

»Des is a boaniger Hexnschuss!« Dr. med. Gustl hat gesprochen. Würglein wimmert und dann würgt er. Frau Grünäugel schüttet ihm aus der Gießkanne Wasser ins Gesicht und fragt ununterbrochen »Geht's?«.

Wie wenig es geht, sehen wir, als Würglein selbst mit unserer Hilfe seine Beine nicht weiter ausstrecken kann. Papa Rasmus saust erneut ins Haus und holt eine neue Flasche. Die ist größer als die erste und trägt ein handbemaltes Etikett, das aussieht wie die Inschrift auf dem Schild *Knackige Karotte*. Obstler 75 %, das kann man deutlich lesen, wenn man bei Sinnen ist. Würglein ist nicht bei Sinnen, weil sich ganz offensichtlich ein Nerv verklemmt hat, als er Erde geschaufelt hat wie ein Sibirischer Steppenhamster.

Frau Grünäugel hantiert hektisch mit ihrem Handy, das wie alle Handys in diesem Gärtchen des Fortschritts keinen Empfang hat.

»An Krankenwagn müssma mitm Festnetz bstelln!«

»Ja, dann festnetzt doch mal jemand!«, brüllt Würglein unter Schmerzen, wobei man nicht weiß, ob die von dem Obstler kommen, den ihm Papa Rasmus eingeflößt hat, oder von den angezogenen Beinen.

»Mama, lauf zum Nachbarn, die ham a Telefon, des funktioniert!« Papa Rasmus ist ja echt der Mann der Tat, er wird meinem Paps immer ähnlicher, der auch in der größten Hektik die größte Ruhe bewahrt.

Ich sehe kurz zu Paul rüber, der ein seliges Lächeln auf dem Gesicht trägt. Wie jetzt? Ich mache mit der flachen Hand vor meiner Stirn eine Winkbewegung zu ihm, die eindeutig zeigt, dass ich ihn für behämmert halte. Er pirscht zu mir rüber, anscheinend hat er das mit dem Kriegsbeil vergessen.

»Denk doch mal nach, Karline, der Würglein ist weg, die zweite Aufsichtsperson fehlt, wir müssen nach Hause fahren!«

Paul ist äußerst zufrieden mit sich. Ich allerdings nicht. Paul ist so ein Stubenhocker! Und dieses Verunstalten meines Namens macht das nicht besser. Hingegen gefällt mir Gustl immer besser, auch wenn ich nicht seine Sprache spreche. Mein Blick fällt auf meinen neuen Helden, der beherzt Würglein auf die Seite gedreht hat, um ihn dann auf eine Decke zurückzurollen, auf der man ihn transportieren kann. Anschließend kümmert er sich wieder rührend um Lola. Die ganze Familie Grasober-Bibelburger ist ein einziges Hilfsprojekt. Man kann doch diese entzückende Familie jetzt nicht einfach im Stich lassen! Was soll denn aus denen werden, wenn die einzige Einnahmequelle, die Exkursionsteilnehmer, auch noch abfahren und womöglich noch Schadensersatz wollen?

Paul kann lange auf die Friedenspfeife warten!

Ich stelle mich an Frau Grünäugels Seite. Jemand wird mit ins Krankenhaus fahren müssen. Sie kann es nicht sein, denn sie ist nun die einzige offizielle Aufsichtsperson. Die Freaktruppe von der *Knackigen Karotte* wird die Schule wohl kaum für ausreichend qualifiziert halten.

Würglein hat in der Zwischenzeit das Lallen angefangen, weil Papa Rasmus' Zauberobstler Blockaden gelöst hat, anscheinend sowohl in den Beinen als auch im Kopf. Da meldet sich ebenfalls Gustl freiwillig als Krankenbegleitung. Hach, ein Wink des Himmels. Zum einen möchte ich nicht, dass er allzu viel Zeit alleine mit Lola verbringt, die ja noch dazu verboten aussieht. Und zum anderen würde ich mir auch keine Chance entgehen lassen, wieder an mein Handy zu kommen. Wenn ich Würglein und Lola ins Krankenhaus begleite, muss er es mir aushändigen (oder heißt es dann aushandygen?). Mein Arm schießt in die Höhe: »Ich komme auch mit.«

Freundlicherweise dieselt die Freiwillige Feuerwehr von

Grünmandlskreuth mit einem Rettungsauto vorbei, in dem Platz für eine komplett gehandycapte Fußballmannschaft wäre, und wir verlassen mit einer nur noch hellila schimmernden Lola und einem singenden Würglein die *Knackige Karotte* mit Blaulicht.

Aktion: Seltsamer Hügel

Natürlich hat Grünmandlskreuth kein eigenes Krankenhaus, allerhöchstens ein Kräuterweiblein, das sich auf Naturmedizin versteht, aber was Naturkräuter mit einem so anstellen können, sehe ich ja an Lola, die mittlerweile wieder etwas mehr nach Lola aussieht, nur eben in zartem Pink. Also kacheln die zwei Bauernburschen, die das Feuerwehrauto fahren, in die nächste Kreisstadt. Ich bin mir nicht ganz sicher, ob Papa Rasmus sie vom Feld oder von einem Volksfest weggeholt hat, in jedem Fall nehmen sie die Kurven schneidig und Würglein singt und schreit gleichzeitig dazu. Gustl tätschelt abwechselnd mal dem einen, mal der anderen die Hand, und ich gäbe was drum, wenn ich wie Maikäfer Würglein auf dieser Pritsche liegen könnte. Es herrscht ohrenbetäubender Lärm: das Blaulicht, Würgleins Gelalle, Gustls Urlaute, mit denen er sein Streicheln begleitet: »Werdschowiada ois guad!« Doch den Ton meines Handys würde ich auch bei einem Rockkonzert unter allen Tönen heraushören. *The Sound of Silence* kommt es aus Würgleins rechter Hosentasche, die sich nur wenige Zentimeter von meiner Hand entfernt befindet, denn Gustl und ich sitzen auf zwei Hockern, die neben den Pritschen aus der Wand des Feuerwehrautos klappen. Einem Lehrer in die Hosentasche zu fassen, gehört zu den letzten großen Pfui-Bäh-Grusel-Aktionen auf diesem Planeten, kurz vor Hunde essen. Anscheinend nicht in Grünmandlskreuth. Gustl hat es auch gehört und greift beherzt in Würgleins Hose, um mein Handy herauszuangeln, was er natürlich nicht weiß, also dass es mein Handy ist. Gustl hält Würglein das Handy vor die Nase: »I dat an Ihrer Stell rangeh, des müssen 'S nutzen, dass ma hier a Netz ham!« Mit einem Satz, der durch eine Rechtskurve begünstigt wird, springe ich Gustl an die Seite und entreiße ihm das Handy.

»Erklär ich dir später, Notfall geht vor!«

Gustl sieht mich fassungslos, aber irgendwie fasziniert an. Anscheinend mag er beherzte Frauen. Die kann er haben.

15 Anrufe, 85 WhatsApp-Nachrichten, 34 SMS, fast alle von Patty, nur eine von Paps. Bei Würglein muss es ununterbrochen in der Hose gebimmelt haben. Gustl sieht mir interessiert über die Schulter. Das gute Naturkind ist ja mit den Freuden der Technik gar nicht vertraut. Wo kein Empfang ist, da ist ein Handy nutzlos.

»Wuist des ois beantworten?« Gustl hat aufgehört, Lolas Hand zu streicheln. Lola kann aufgrund der Schwellung nicht sprechen und nur mit fragenden Augen zu uns rübersehen. Würglein faselt was von »Ich war noch niemals in New York« und wirkt eigentlich ganz zufrieden mit sich und der Welt, wenn man von der Maikäferhaltung mal absieht.

garlodda, ich mach mir sorchen!
is der biohof ane sekde? seid ihr
eingesperrt ohne kondagde zur
außenwelt? sach doch was! oder
gibt's auf dem nadurhof kan strom?

Na, so ganz verkehrt liegt Patty nicht, sie hat das, was man praktischen Verstand nennt. Gustl guckt immer noch auf das Display.

»Was red jetzt die füra Sprach?«

Das fragt der Richtige, aber ich beherrsche mich und erkläre durch den Lärm, dass Patty einen Riecher für Gefahrensituationen hat, auch in 150 Kilometer Entfernung. Doch Gustls Zeigefinger mit den Erdkrumen unter dem Nagel rutscht unabsichtlich bis auf das Display vor, und dann patscht er wegen einer schnittig genommenen Linkskurve auch noch drauf, worauf natürlich sofort eine neue Funktion aufpoppt. In dem Fall Paps' SMS, die ich in dem Meer von Lolas aufgeregten fränkischen O-Tönen schon ganz vergessen hatte.

mein otterchen, dein alter paps hat den garten hochgepimpt und das haus aufgeräumt, du würdest staunen. mal sehen, was mir noch so einfällt, während du weg bist, du fehlst mir, dein papa.

Alarmstufe Rot. Ein Paps, dem langweilig ist, kommt einer Naturgewalt gleich. Entweder beschließt er, das Häuschen himbeerrot zu streichen, oder er flirtet mit wildfremden Frauen. In beiden Fällen lässt sein Interesse dann ungefähr genauso schnell wieder nach, wie es begonnen hat. Eine Naturgewalt eben. Und ich kann dann zusehen, wie ich die Situation wieder rette. Gustl sieht mich mit warmen Augen erstaunt an.

»Dei Oida is a Pfundskerl, oda?«

Ja, so kann man es auch nennen. Ein großer Mann in knallbunten Hemden, immer ein Bonbon im Mund und chronisch pleite, aber heiter. Wenn man auch immer Sonnenuntergänge malt, für die man nicht richtig bezahlt wird! Mir kommt da allerdings eine Idee. Vorher muss ich aber noch den Blick auskosten, den Gustl immer noch ausstrahlt. Dank der beherzten Fahrweise der Grünmandlskreuther Feuerwehr hüpft seine Hand immer wieder auf meine, die das Handy hält. Ich könnte ewig so weiterfahren, auch wenn Würgleins Arien eine Zumutung sind, außerdem stinkt das ganze Feuerwehrauto mittlerweile wie eine Kneipe am Faschingsdienstag. Hüpf, hüpf, hüpf. Gustls Hand verirrt sich mittlerweile auch ohne Kurven auf meinen Handrücken. Wenn unsere Klasse jetzt nach Hause fahren müsste, weil zu wenig Aufsichtspersonal da ist, wäre das ganz, ganz schlecht. Also für mich. Und natürlich den Biohof. Würglein schreit jetzt »Auf in den Kampf, die Schwiegermutter naht!« und man kann sein eigenes Wort nicht mehr verstehen. Ich kritzle also auf die Rückseite des Briefs von der Samengroßhandlung, auf den ich schon die erste Frage an Gustl geschrieben hatte.

Gustl nickt fünfmal, entweder ist Mathe nicht so seins oder er will seine Antwort noch verstärken.

Ich tippe also eine SMS an Paps, das mit WhatsApp versteht er nicht so.

> Paps, brauchen dich hier, Biohof hat ein Problem. Lass die Farben daheim!

Schließlich soll Paps gärtnern und nicht Sonnenuntergänge mit Regenbögen auf die Bruchbude malen.

Als ich wieder hochsehe, hält das Feuerwehrauto mit quietschenden Reifen und ich fliege mit Schwung gegen Gustls Brust.

»Ned so eilig, jetzad wost grad erst okemma bist!«

Keine Sorge, Gustlchen, Karlotta hat gerade erst angefangen!

Alles hat ein Ende, nur die Karotte hat zwei?

Keine flockigen vier Stunden später stehen Gustl und ich wieder auf der dürren Scholle der *Knackigen Karotte*. Ohne Lola und ohne Würglein. Beide mussten zur Beobachtung im Krankenhaus bleiben, wo viele Ärzte und Ärztinnen sich um beide bemüht haben. Leider haben alle Hinterhinterniederbayerisch gesprochen, sodass ich nicht erfahren konnte, wie es um die beiden steht. Um Lola tut es mir leid, sie sah in ihrem orangen Overall und dem pinken Gesicht zwar ziemlich poppig aus, aber sprechen konnte sie immer noch nicht. Würglein auch nicht, denn man musste ihn mit einer schmerzstillenden Spritze ruhigstellen, nachdem er »Blau, blau, blau blüht der Enzian« durch das Krankenhaus geschmettert und versucht hatte, einer Krankenschwester in die Hand zu beißen. Trotzdem war ich ziemlich zufrieden mit dem Verlauf des Nachmittags. Gustl hatte geschätzte 500 Mal seine Hand auf meine hüpfen lassen. Neben zirka 50 unabsichtlichen Blicken waren zwei sehr, sehr intensive darunter und ich verstehe seine Eingeborenensprache immer besser.

»Jetzad werds brenzlig. Wenns ihr abreists, samma gliefert!«

Gustl steht neben mir unter dem Schild *...nackige ...rotte* und lässt den Blick über das dürftige Grün des Biohofs wandern. Was kann man alles falsch machen, dass hier nichts wächst? Vielleicht sollte Papa Rasmus andere Musik spielen? Das Pflanzenziehen ohne Dünger will gelernt sein, nur mit dem Grünzeug sprechen reicht da wahrscheinlich nicht.

Da zeigt Gustl mit der Hand auf eine Gruppe Menschen, die einen seltsamen Tanz aufführt. Jetzt sehe ich es auch. Meine Klasse bewegt sich langsam vor Grasober-Bibelburgers Haus. Alle recken merkwürdig, wie im Takt, ihre Handys in die Höhe, auch Frau Grünäugel. Dann verändert jeder seine Position und hält das Handy über seinen Kopf.

Die Stimmung ist bei null, Frau Grünäugels Augen sind ganz rot und sie erkundigt sich ausführlich nach Lola und etwas weniger ausführlich nach ihrem Kollegen Würglein. Morgen würden wir alle zurückfahren müssen, so hatte es Frau Grünäugel mit stockender Stimme verkündet. Die Grasober-Bibelburgers blicken drein wie siebenhundert Tage Regenwetter und versuchen mit einem Karottenkuchen die Stimmung aufzuhellen. Da fällt mir spontan Wörschdla und Brödla ein. Seit den Kräuterknödeln hatten wir nichts zu essen, aber das muss man den kernigen Dingern lassen, sie betonieren den Bauch für Stunden zu. Der Karottenkuchen ist ein ähnliches Kaliber und ich schaffe nur ein winziges Stück. Die Ballett-Sisters studieren aus lauter Verzweiflung einen Sonnentanz ein. Unsere beiden Klassenprimusse Willibrod und Kalki spielen Mau-Mau. Niemand hat zu Hause jemanden erreicht, der eventuell der Ersatz für Würglein sein könnte. Frau Grünäugel nuschelt immer wieder »Der kann mich kennenlernen« und schüttelt den Kopf.

In diesem scheußlich tristen Zustand trifft ein Lufthauch mein Ohr, weil Gustl versucht, mir etwas zuzuflüstern: »Da drüben funkts gscheit!«

Wenn ich Gustls billige Anmache richtig verstehe, will er mit mir ungestört sein, und das auf einem kleinen Hügel am Ende des Gartens. Sagen wir, eine Erhebung, eine Welle im Boden, auf der dichtes, buschiges Grünzeug wächst. Es ist der grünste Flecken hier weit und breit. Und irgendwie ist es auch viel romantischer, mit Gustl in den grünen Busch zu gehen, als den anderen bei diesem Totentanz zuzusehen.

Als wir dem Hügel näher kommen, sehe ich meinen Paul am Boden knien. Ganz, ganz falsch, den brauche ich jetzt nicht hier. »Jetzad werst as glei sehn!« Gustl und ich haben mittlerweile dieses grüne Inselchen erreicht, das über und über mit Buchsbäumen bewachsen ist.

»Des wachst hier wier bled, aber braucha tuads koana!«

Schade eigentlich, vielleicht sollte die Familie Grasober-Bibelburger ihren Biohof in *Buschigen Buchs* umbenennen.

»Jetzad schaust amal, ob dei Vata scho gschriebn hat!«

Hach, drei Sendebalken, auf der Erhebung funkt's! Jetzt hat es auch Karlotta Petzmeier verstanden. Von wegen billige Anmache. Gustl will uns um jeden Preis dabehalten und würde alles dafür tun. Und dann nimmt er auch noch Paul die Heckenschere aus der Hand und hilft ihm, aus einem der Buchsbäumchen eine Schachfigur herauszuschneiden! Von mir aus muss er sich ja um Paul gar nicht kümmern. Obwohl die Geste irgendwie voll süß ist. So ein guter Gustl. So ein blöder Paul, der am liebsten erst gar nicht hierhergefahren wäre und mir mit seinem albernen Schachtick jetzt auch noch den Gustl raubt.

Leider hat Paps nicht geantwortet. Dafür kann es viele Gründe geben. Er hat das Handy bei der Gartenarbeit mitvergraben, oder er hat schlicht vergessen, dass es Handys überhaupt gibt, und malt bereits das Haus veilchenlila oder bonbonrosa an.

Dafür jede Menge WhatsApps von Patty, der ich aus dem Krankenhaus eine kurze Nachricht geschickt hatte. Leider wurde ich beim Schreiben von so einem urwüchsigen Arzt unterbrochen, der uns wegen Lola und Würglein beruhigte und dann wissen wollte, wie wir wieder zurück auf den Hof kämen. Er wusste ja nicht, dass die Grünmandlskreuther Feuerwehr immer noch vor dem Krankenhaus stand. So fiel mein Lebenszeichen an Patty etwas knapp aus.

> bin im krankenhaus …

Vermutlich hat Patty das missverstanden, jedenfalls sprudelt sie nun über vor Sorge.

> garlodda, sach doch was. bein abgehackt? sonnenstich? mistgabel verschluggd? was kann ich dun?

Ich beruhige Patty mit einer Kurzfassung der Geschichte und folge dann Paul und Gustl, die zur Klasse zurückkehren.

Noch gebe ich die Sache nicht auf. Wenn morgen keine Nachricht von Paps da ist, verrate ich den anderen, wo es ein Handynetz gibt. Aber jetzt würde es mir ziemlich gut gefallen, wenn ich die Situation retten könnte. Ich meine, in den Augen von Gustl wäre ich dann doch so etwas wie seine Heldin, oder?

Hoffnungslos

Wie soll ich es beschreiben? Die erste Nacht auf dem Dachboden der *Knackigen Karotte* war so, wie ich mir die Nacht auf einer knackigen Karotte vorstelle. Ungemütlich. Daran hat auch die karottenrote Bettwäsche nichts geändert, die noch aus der Zeit stammt, als Mama Grasober-Bibelburger starke Sympathien für einen bestimmten Aschram in Indien hatte, wo man alles in Orange trug. Ein Aschram, das hat mir Paps einmal erklärt, ist ein Ferienlager für Erwachsene, aus dem sie mit extrem guter Stimmung und meist einem anderen Lebenspartner wieder herauskommen. Wahrscheinlich stammt auch Gustls maximal entspannter Papa Rasmus Grasober-Bibelburger aus dieser Zeit. Und irgendwie sieht es auf der *Knackigen Karotte* auch aus wie in Indien, nämlich karg und staubig.

Auf dem Speicher war es auch staubig gewesen, und da auf der einen Seite die Mädchen und auf der anderen Seite die Jungs lagen, wurde die Luft zum Ende der Nacht ziemlich dünn. Die Jungs hatten abends noch längere Zeit eine Kissenschlacht veranstaltet und irgendwelche geschmuggelten Substanzen gebechert, dann war plötzlich schlagartig Ruhe. Ich glaube, es lag an den geschmuggelten Substanzen. Bei den Mädchen herrschte eine negative Grundstimmung vor. Ich könnte jetzt behaupten, dass wir uns Sorgen um Lola machten, aber es lag wohl eher an den dürftigen sanitären Einrichtungen. Eine Dusche für 14 Mädchen. Ein Minispiegel für 14 Mädchen. Und das alles in einem zugigen Kämmerchen direkt neben den Jungs. Manche weinten sich in den Schlaf, andere schimpften. Leider trug das alles nicht dazu bei, dass irgendjemand länger als nötig auf der *Staubigen Karotte* bleiben wollte, auch wenn allen die Grasober-Bibelburgers total leidtaten. Selbst Frau Grünäugel, die mit einer buchstäblich schwarzen Wolke über dem Kopf herumrannte, hatte etwas von ihrem Enthusiasmus verloren.

Als dann heute an Tag 2 unserer Mission Impossible der Hahn kräht, rührt sich niemand unter seiner orangefarbenen Decke. Wahrscheinlich sind alle wegen Sauerstoffmangel ins Koma gefallen. Ich nutze die Chance, in das sogenannte Bad, also die Gemeinschaftsdusche zu kommen, und schleiche am Vorhang vorbei, der die Jungs von den Mädchen trennt. Was sehe ich da – Paul, wie er mit sich selbst Schach spielt! Paul wird ein Eigenbrötler, es fällt mir wie Schuppen von den Augen. Wie hatte ich es so lange mit ihm ausgehalten? Okay, gut, er hat mir gefühlte hundertmal aus der Patsche geholfen, davon dreimal richtig, und ist im entscheidenden Augenblick immer für mich da gewesen. Aber das reicht doch nicht, oder? Er muss doch immer da sein. Aufmerksam mir jeden Wunsch von den Lippen ablesen und sich vor allem nicht benehmen wie vom anderen Stern. Zum Beispiel Schach spielen in der Früh um sechs! Ich dusche ausgiebig in der Gemeinschaftsdusche, die keinen Tropfen zu viel Wasser spendet. Wenn die

Grasober-Bibelburgers ihre Pflanzen auch so spärlich gießen, wie sie duschen, dann wundert mich nichts. Ich habe bisher keine Bewässerungsanlage gesehen und auch sehr, sehr wenige Gießkannen.

Jetzt ist es sieben Uhr, ich sitze vor dem Haus auf den staubigen Stufen der Eingangstür, über mir wedelt die Peace-Fahne vom Balkongeländer. Die Sonne hat bereits alle Felder in gleißendes Licht getaucht, und Mama Grasober-Bibelburger rennt mit einem tibetischen Gong durchs Haus, um alle aus dem Koma zu dongen.

Tag der Entscheidung. Gustl setzt sich neben mich, einen Kanten Brot in der einen Hand, der aus der römischen Antike zu stammen scheint, und einen großen Becher grauer Plörre in der anderen. Mit einem vorsichtigen Grinsen hält er mir den Becher hin und bricht ein Stück Brot ab.

»Mogst?«

Mog i? Ich misstraue den Naturalien in Gustls Hand, habe aber viel Vertrauen in Gustl. Außerdem der Blick. Und ich spüre schon wieder seine Hand auf meiner, als er mir den Brotkanten gibt.

»Heit werma seng, obs uns dabreselt!«

Hach, ich hätte es nicht schöner ausdrücken können, auch wenn ich kein Wort verstanden habe. Stundenlang könnte ich Gustls Singsang zuhören. Damit wäre Schluss, wenn das passiert, was ich ahne. Die Klasse ist nach dieser Nacht weit weniger bereit, den Hof der tapsig lieben Familie Grasober-Bibelburger zu retten, als gestern noch.

Die ersten Mädchen kommen übernächtigt und mit verfilzten Haaren aus dem Haus. Manche noch in ihren Schlafanzügen, andere in Kleidung, die sich nur wenig zum Gärtnern eignet. Die Jungs haben alle einen Kater und riechen muffig, vermutlich nach den geschmuggelten Substanzen. Alle bis auf Paul, der in einer seltsamen Mischung aus Tropenkleidung und Wanderausrüstung auftaucht und erfrischend nach Zitronenseife duftet. Mein Paul. Also nicht mein Paul, aber wenn er so gut duftet, dann doch wieder. Gustl klatscht Paul kumpelhaft ab und Paul setzt sich doch glatt neben uns auf die Stufen der Haustür.

»Gustl, sag mal, was ist hier das Problem? Fachkenntnis oder Geld?«

Pauls Stimme klingt einen Ticken tiefer als sonst und seine Mausaugen wandern von mir zu Gustl und wieder zurück. Was denkt dieser Nerd? Dass wir jetzt hier eine Diskussion über Land- und Betriebswirtschaft beginnen?

»Mei, i woaß aneda so genau. Mir ham ois richtig gmacht, aber der Boden spuckts ned aus!«

Gustls Stimme ist auch um einen Hauch tiefer geworden. Kennt man das nicht aus dem Tierreich, sobald zwei Männchen aufeinandertreffen, verändern sie ihre Stimmlage, um zu imponieren? Jetzt würde es ja dann doch ganz interessant werden. Schließlich machen das die Männchen nur, wenn ein Weibchen in der Nähe ist. Und das nächste Weibchen bin ich. Doch Paul mischt sich weiter ein.

»Wie meinst du das, ›spuckt es nicht aus‹? Muss der Boden nicht von besonderer Güte sein, wenn man alles bio machen will?«

Paul hat bei dem Wort *bio* mit den Zeige- und Mittelfingern beider Hände kleine Winkbewegungen gemacht. Ich könnte Paul zur Currywurst verarbeiten. Muss er sich so geschwollen ausdrücken?

»Ja, mir verstehns a ned, die Gemeinde hats uns grad so verpachtet! Also voi bio und organic, woaßt scho!« Gustls Englisch klingt, als hätte er eine Karotte quer verschluckt, aber trotzdem süß. Blick. Handdrücken, Blick. Mir wird heiß.

»Aber was kann es dann sein? Falsche Fruchtfolge, zu wenig Wasser, und warum gedeiht da hinten der Buchsbaum wie sonst nur auf sehr alten Friedhöfen?«

Pauls Augen sind jetzt fest auf Gustl gerichtet, mich gibt es in dieser Unterhaltung gar nicht mehr. Seine Stimme ist klar und sehr, sehr erwachsen, und wenn er im nächsten Augenblick ein Handbuch über *Agrarwissenschaft unter der besonderen Berücksichtigung von natürlichen Düngungsmethoden* aus seiner erbsengrünen Bermuda mit den Hosenträgern ziehen würde, wäre es kein bisschen verwunderlich. Ihn zu Currywurst zu verarbeiten, würde nicht ausreichen, ich würde aus Paul Mett mit gewürfelten Gürkchen machen.

Inzwischen hat sich Frau Grünäugel zu uns allen gesellt, denn Olivia Grasober-Bibelburger hat einen Imbiss nach draußen gebracht. Jeder von uns hat mittlerweile einen Becher Plörre in der Hand, die sich als Chai-Tee aus Zuckerrüben herausstellt, und nagt an einem Kanten Brot. »Selbst gebacken«, wie Olivia stolz berichtet. Mit zehn verschiedenen Körnern. Wer mag, kann diese Meisenknödel auch in selbst gemachten Zuckerrübensirup tauchen. Niemand mag. Alle kauen stumm.

Nachdem Frau Grünäugel zum wiederholten Male »Der kann mich kennenlernen« gemurmelt hat, stellt sie sich vor uns hin und zuppelt nervös an ihren sehr hübschen roten Haaren herum.

»Kinder, die Situation ist folgende. Ich kann, ich darf euch nicht alleine hier beaufsichtigen. Das ist gegen die Schulordnung. Aus der Schule kann ich keinen Ersatz herbeibeordern, aus der Elternschaft haben wir niemanden erreicht.« Frau Grünäugel lässt die nur noch mattgrünen Augen über die karge Scholle flackern. »Uns bleibt nichts anderes übrig, als die Mission zu beenden. So leid mir das für die Familie Grasober-Bibelburger tut, für die es in vieler Hinsicht ein Segen gewesen wäre, wenn wir hiergeblieben wären. Wir hätten wirklich helfen können. So aber geht es nicht!«

Sie nickt kurz, um zu bestätigen, was sie gerade gesagt hat. Niemand spricht, einige nicken ebenfalls, denn die letzte Nacht hat ziemlich viele *Knackige-Karotte*-Gegner und vor allem -Gegnerinnen hervorgebracht. Die betten sich alle sonst auf weichere Federn.

Gustls Papa, der eine Kassette (!) mit berühmten Filmmelodien eingelegt hat und damit das Grünzeug beschallt, nickt ebenfalls und murmelt: »I versteh euch scho, derweil … mir hätten euch so braucht, wenn übermorgen die saubernen Herrn von der Behörde kemma. Und …«, dann wischt er sich eine Träne irgendwo aus dem Bart. Gustls Mama schnäuzt sich geräuschvoll.

In der Zwischenzeit hat sich Maxie zu uns gesetzt und bei den Worten ihres Vaters die Hand von Paul genommen. Jetzt schlägt's aber dreizehn. Was ist denn hier los? Hier liegt noch viel mehr im Argen als die Anbaumethoden.

Da knarzt es plötzlich am Gatter, über dem das Schildchen mit der *...nackigen ...rotte* hängt. Alle legen die Hände über die Augen und blinzeln gegen die Sonne. In der Entfernung kann man noch nichts außer einer Staubwolke erkennen. Jemand nähert sich in Zeitlupe. Aus dem Haus dudelt die Titelmelodie zu *Spiel mir das Lied vom Tod*. Die Staubwolke kommt auf uns zu. Als die Musik am Höhepunkt ist, schält sich aus der Staubwolke ein bunter Mann mit einem Koffer, der über und über mit Blumen bemalt ist, also der Koffer. Der Mann hat seinen Blick fest und fröhlich auf Frau Grünäugel gerichtet. Ihre Augen funkeln minzgrün. Paps ist da!

Rettung oder doch nicht?

Wenn Paps auftaucht, ist das meist großes Kino. Schon wegen seiner bunten Hemden. Heute schwappen bei seinem Anblick Frau Grünäugels minzgrüne Äuglein etwas über, denn sie ist so glücklich über die neue Aufsichtsperson, dass sie Paps mit einem »Sie schickt der liebe Himmel« um den Hals fällt. Paps, der anscheinend ein eingebautes Radarsystem für grünäugige Frauen hat, lächelt mir über Frau Grünäugels Schulter selig zu und macht eine Daumen-hoch-Bewegung.

In die Klasse kommt eine ganz andere Bewegung. Einige, wie Paul, Manolo und die Ballett-Sisters, kennen meinen Paps von früheren Aktionen und grinsen frech, die anderen machen Geräusche zwischen »boah ey« und »Was will der Freak?« oder auch »Wie jetzt, müssen wir jetzt alle dableiben?«.

Ich kann alle verstehen. Gustl stupst mich an und zeigt auf seine Eltern, die begeistert wie kleine Kinder auf Paps zulaufen, der wiederum Frau Grünäugel gar nicht loslassen möchte. Die Erwachsenen benehmen sich wie Kinder. Großes Hallo, großes Vorstellen. Nach nur einer Minute dürfen alle »Papa Bonbon« zu meinem Paps sagen. Aus unerfindlichen Gründen hat Paps auch im Handumdrehen die Klasse hinter sich.

»Hey Mädels, hey Jungs, wo kann ich anpacken? Zeigt mir,

wo das Problem ist, wir werden es lösen!« Dabei strahlt Paps wie ein Honigkuchenpferd und zeigt auf seinen bemalten Koffer.

Wusste gar nicht, dass Paps ins Zauberfach gewechselt hat. Würg.

Sämtliche Mädchen, die gerade noch den Untergang des Abendlandes befürchtet haben, weil es hier keine Schminktische und keine automatischen Seifenspender gibt, tragen nun grüne Schürzen und Kopftücher. Den Jungs sind anscheinend innerhalb von zwei Minuten Muskeln gewachsen, so wie sie sich in die Brust werfen und jeder der Erste sein will, um meinem Paps das jeweilige Problem zu zeigen. Bitte, hallo, Paps ist selbst ein einziges Problem, wieso führt er sich auf, als wäre er Motivationstrainer? Kann doch nicht sein, dass das alles an Frau Grünäugels Minzblattaugen liegt?

Rasmus Grasober-Bibelburger hat Paps freundschaftlich die Pranke auf die Schulter gewuchtet und erklärt umständlich, dass hier nichts wachsen würde. Rührend, man muss schon ziemliche Kartoffeln auf den Augen haben, wenn man das nicht sieht.

Mama Grasober-Bibelburger hat auf einmal selbst gemachte Leberwurst und Frischkäse zur Hand, wodurch das Meisenknödelbrot urplötzlich zur Delikatesse wird. Die Dankbarkeit in den Augen der Klasse und den Minzscheinwerfern von Frau Grünäugel kennt keine Grenzen. Das muss man Paps lassen, die Versorgungslage hat sich mit seinem Erscheinen schon um 5000 Prozent verbessert.

Auch die Beschallung hat sich geändert, nachdem Paps Rasmus etwas ins Ohr geflüstert hat. Kein *Spiel mir das Lied vom Tod* mehr, sondern *We are the champions*. Mama Grasober-Bibelburger, Frau Grünäugel und Maxie strahlen um die Wette. Na bitte, da kann Paul einpacken, die Intellektuellennummer funktioniert nur so lange, bis Papa Bonbon auftaucht, denke ich und falle fast um, als sich Maxie mit vor Begeisterung geweiteten Augen zu Paul umdreht und ihn fragt: »Und mit dem spielst immer Schach? Mei is des cool!«

Paps hat in der Zwischenzeit seinen Koffer geöffnet. Ich sehe aus dem Augenwinkel Pinsel und Farbtöpfe und ein paar von den Zwiebelgläsern. Hatte ich nicht gesagt, Farben bleiben zu Hause?

Mit einem Kinderauszählreim teilt Paps die Klasse in Gruppen.

»Schraubenschlüssel, Silberschüssel,
Suppenwürfel, Savannengnu.
Schokotarte, Schillerlocke,
Schnabelschuhe, Sockenhalter, raus bist du!«

Meine Fresse, die Klasse johlt, das Schlafen ohne Sauerstoff hat ja einiges angerichtet.

Mehr als das, alle beten Paps an. Bitte, vielleicht betet mich mal einer an, dass ich es als Einzige geschafft habe, eine Ersatzaufsichtsperson herzubeordern?

Paps breitet die Arme aus, atmet tief ein.

»Was für Fensterläden, welch eine grüne Herrlichkeit!« Sein Arm gleitet durch die Luft. Erst über die Fensterläden, deren Farbe in allen Nuancen Grün abbröckelt und die vermutlich noch aus dem Dreißigjährigen Krieg stammen. Dann über die Felder, die von grüner Herrlichkeit so weit entfernt sind wie die Wüste Gobi. Aber aus unerfindlichen Gründen haben alle einen Glanz auf ihren Gesichtern, vielleicht sehen sie andere Dinge als ich. Dann sehe ich zu Gustl und weiß, dass es nicht so ist. Denn er macht eine deutliche Plemplem-Geste in meine Richtung. Ja, das ist mein Mann! Er hat die Sache durchschaut. Und dann raunt mir dieser Superchecker auch noch was ins Ohr. Schon haucht sanfter Frischkäseatem an meiner Backe vorbei.

»Sag amoi, wo hamsn den aussiglassen? A so a Paradiesvogel, a Wunder, dass du ned grad so gspinnert bist!«

Treffer versenkt. Karlotta Petzmeier ist nicht länger die Heldin der *Knackigen Karotte*, sondern diejenige, die mit einem Vollpfostenvater gesegnet ist.

Ich könnte grün werden vor Wut.

Dürr, dürrer, am dürrsten

Keine zwei Stunden später, die Sonne hat inzwischen weiteren Schaden an den eh schon gebeutelten Feldern angerichtet, steht mein Paps, der große Papa Bonbon, auf einer Leiter aus dem 12. Jahrhundert und malt die Fassade des Gutshofs an. Blühendes Irgendwas mit Ranken und – Überraschung – sehr, sehr viel Grün! Sämtliche Mitschülerinnen von mir, genau die, die sich noch vor zwei Stunden entnervt die Haare mit Sprudelwasser gewaschen haben, stehen nun total ehrfürchtig am Fuße der Leiter und versuchen, das klapprige Ding festzuhalten. Oder reichen Pinsel in allen möglichen Größen nach oben. Oder rühren geduldig in Farbtöpfen. Dazwischen ruft Paps immer wieder: »Wo es grün aussieht, da ist eine gute Grundstimmung, auch die Pflanzen hier werden das bald begreifen!«

Seine Arme zeigen beide zum Horizont, während er an der Spitze der Leiter versucht, das Gleichgewicht zu halten. Wusste gar nicht, dass mein Paps gleichzeitig unter die Propheten und Akrobaten gegangen ist.

Und hatte ich nicht geschrieben: KEINE FARBTÖPFE!

Paps hat ein Bandana mit Gurkenmuster auf dem Kopf und, jetzt kommt's, Frau Grünäugel hat auch ein Bandana mit Gurken auf dem Kopf. Hab ich Tomaten auf den Augen? Das Gemüse soll doch nicht auf dem Kopf, sondern auf den Feldern gedeihen! Und wieso um alles in der Welt tragen meine Lehrerin und mein Paps Partnerlook? Was ist in den letzten zwei Stunden geschehen, in denen ich das Meisenknödelbrot und die Ankunft meines Paps' verdaut habe und, okay, ein bisschen mit Gustl die Felder abgeschritten bin, um Näheres über diese dürre Sonderform des Bioanbaus zu erfahren? Viel war es nicht. Oder sagen wir so, es war nicht viel, was ich verstanden habe. Sozusagen waren Gustls Worte ebenso dürr wie das, was da auf den Feldern vor sich hin mickerte. Irgendwas mit »Gwamperte, die Wapperl, Bickerl und Flätschen vergeben«. Mehr war aus Gustl nicht herauszubekommen oder besser herauszuhören. Gustls Aussprache war nicht nur Hinterhinterniederbayerisch in Reinform, sondern auch noch inhaltlich kryptisch. Kryptisch ist, das hatte mir Mam mal erklärt, als sie einen Volkshochschulkurs über Mythen und Geheimsprachen besucht hat, wenn man rein gar nichts kapiert, obwohl sich total viel Inhalt versteckt. Inhalt, den niemand verstehen soll, außer ein paar Schlaubergern, die man Verschwörungstheoretiker nennt. Das Wort hatte ich mir gemerkt, das klang wichtig und gebildet. Ich ließ das Wort bei meinem Rundgang mit dem Gustl fallen, und was soll ich sagen, das Ergebnis war verblüffend.

»Ha?« Gustls Gesicht glich einer Hutschachtel, völlig hohl.

»Na diese ›Gewamperten‹ mit ihren ›Flätschenbickerlwapperl‹, sind das Verschwörungstheoretiker?«

Gustl zuppelte an seinem fadenscheinigen T-Shirt und murmelte was von »scho« und versank in Schweigen.

Jetzt, wo wir an Paps' Kunstprojekt für eine *Knackigere Karotte* vorbeikommen, ist Gustl wieder ganz der Alte. Fröhlich wedelt er Paps auf der Leiter zu. Sämtliche Mädels wedeln zurück, obwohl sie, und da bin ich mir sicher, gar nicht gemeint sind. Frau Grünäugel hat einige grüne Farbtupfer zu viel abbekommen und lächelt selig. Dass Paps sie »Gürkchen« nennt, überhöre ich lieber. Und dass er im Anschluss an seine Lüftlmalerei auch noch Gemüseschildchen für die »süße« Olivia Grasober-Bibelburger malen möchte, auch. Ich will mir gar nicht ausmalen, was Rosalia Tarantula im fernen Italien dazu sagen würde.

Die Zeit vergeht im Flug, seit Paps da ist. Die Sonne steht nur noch schräg über den dürren Feldern und brettert nicht mehr herab. Ich ziehe Gustl an seinem dünnen T-Shirt weiter, dass es nur so knackt, also das T-Shirt, und dirigiere ihn in Richtung Buchsbaumhügel. Ich muss mal wieder Kontakt zur Außenwelt aufnehmen und von Patty ein paar tröstende fränkische Worte erhalten. Sozusagen geistiges Wörschdla und Brödla. Gustl versteht alles genau richtig und grooved mit mir Richtung Hügel. Wahrscheinlich will auch er mit mir allein sein, hurra! Die anderen Mädels sind ja geradezu paralysiert von Paps oder seinem Kunstprojekt. Paralysiert, auch das stammt aus Mams Workshop, ist, wenn man so eine Art Hirnerweichung bekommt, weil man von irgendwas fasziniert oder erschreckt ist. So wie Hase vor Schlange. Oder Patty vor Rechenaufgaben. Oder Lola vor neuem Schwarm. Wie ich damals vor Paul. Mein Paul! Wenn man vom Teufel spricht! Sitzt, nein, hockt, jetzt sehe ich es deutlich, zwischen klitzekleinen Schachfiguren aus Buchsbaum! Perfekt geschnitten, erkennbare Schachfiguren. Springer, Turm, Bauern, Läufer, König, Königin. Moment, falsches Stichwort. Neben Paul kniet ebenso andächtig Maxie und führt Paul die Hand und die Heckenschere. Ich glaub das jetzt nicht! Während da vorne am Gutshaus die große Anbetung von Papa Bonbon stattfindet, turtelt mein Paul mit dem weiblichen Zwilling um die Wette! Und gibt diesem dunkelgrünen Wuschelhügel einen Meistercut à la Magnus Carlsen. Das ist dieser ultraschicke, ultrajunge Schachweltmeister, der auch für eine Modemarke modelt. Was ich mir natürlich gerne gemerkt habe, als mich Paul mal wieder mit Storys aus der Schachwelt zugeschwallt hat (obwohl er weiß, dass dieses Schachdingens nicht so meins ist).

Gustl begrüßt indes seine Schwester herzlich rustikal, indem er ihr einen Stoß versetzt und sie anmuffelt: »Was wuistn von eahm?«

Hach, schön gesagt. Lost in translation. Was willst du mit dem? Ja, verdammt, was willst du mit meinem Paul?

»Des Kraut is zu nix anderm guad!« Maxie kann auch Hinterhinterniederbayerisch, nur klingt es bei ihr etwas weniger exotisch. Paul blinzelt, als er mich sieht.

»Na, Lottchen, wie gefällt's dir?«

Was soll ich sagen? Wie gefällt mir was? Dass Maxie wie ein siamesischer Zwilling an Paul hängt oder dass Paul zur Verschönerung meines Funkhügels beiträgt?

»Hübsch!« Meine Stimme klingt dünn, um nicht zu sagen piepsig! Peinlich, unsicher, voll verpiepst. So klingen keine

Heldinnen, keine Retterinnen der erfolglosen Biobauern. Keine Retterin der *Knackigen Karotte*.

»Hast du was, mein knackiges Lottchen? Ist doch super von Papa Bonbon, dass er so beherzt hinlangt!« Paul findet seine Wortspiele mit meinem Namen wieder selbst am allerwitzigsten.

»Beherzt, so kann man es nennen!« Ich denke an die Herzen, die Paps gerade bricht oder eben öffnet, während sich meines zuzieht. Auch wenn Gustl mich ungeduldig Richtung Hügelgipfel schiebt. Dort, wo's funkt. Aber ich bin nicht ganz konzentriert. Maxie soll nicht neben Paul sitzen. Aus meiner Hosentasche kommt *The Sound of Silence*. Sage noch einer, Maschinen hätten keinen siebten Sinn.

WhatsApp, von Patty hoffentlich, das würde mich aufmuntern. Doch es ist von meiner Lola.

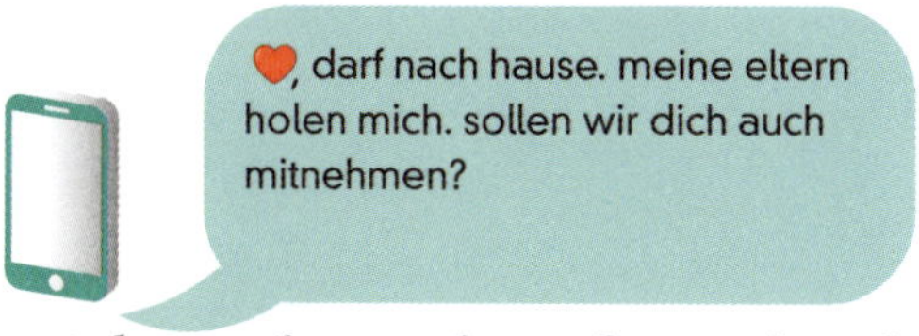

Ach ja, richtig, Lola weiß ja noch nicht, dass die grüne Hölle nicht zu Ende ist. Ich, die ich alles dafür getan habe, dass sie nicht zu Ende geht, und Paps hergeholt habe, möchte lieber heute als morgen weg. So nett dieser Gustl ja ist … aber Paul teilen … nie …

Ich könnte heulen vor Wut, wenn das meine Art wäre, aber ich bin ja mehr der praktische Typ und ramme den Fuß in den sandigen Boden, dass der Staub meterweit fliegt.

Und noch etwa fliegt. Ein speckiges, fleckiges Etwas.

Ist das auch Hinterhinterniederbayerisch? Ich lasse diesen Zettel mal schnell in meiner Tasche verschwinden. Und werde mir dazu später Gedanken machen, jetzt habe ich Wichtigeres zu tun.

Hier stinkt's

Nach meinem Fund ist dann irgendwie nichts mehr, wie es war. Wahrscheinlich liegt das aber nicht nur an dem Zettelchen, sondern an der Gemengelage aus buchsigen Schachfiguren, klebrigen Zwillingen, Lolas WhatsApp und dem unbestimmten Gefühl, dass Paps sich gerade um Kopf und Kragen malt. Die Vorstellung, dass Paps wieder einmal einen Grünaugenrausch hat, und das auch noch mit meiner Lehrerin, ist zutiefst beunruhigend. Das Ding kann sozusagen nach allen Seiten losgehen. Wird das was, dann habe ich meine Lehrerin auch außerhalb der Schulzeit im Haus. Wird das nichts, hat meine Lehrerin auch in der Schulzeit schlechte Laune. Erfährt Rosalia davon, sehe ich für alle Beteiligten tomatenrot. Doch zunächst ist die Frage, wie ich mein eigenes Beziehungschaos löse. Ich habe keine Ahnung. Paul, nicht Paul, Gustl, nicht Gustl? Eines weiß ich jedoch sicher. Maxie und Paul gefällt mir von allen Kombinationen am allerwenigsten.

Wie gut, dass das nicht mein einziges Problem in dieser hinreißenden Umgebung ist. Frau Grünäugel und Olivia, die anscheinend schon beste Freundinnen geworden sind, haben ein Lagerfeuer entzündet, obwohl es erst späterer Nachmittag ist. Ein guter Anlass, um die beiden Buchsbaumturteltäubchen auf andere Gedanken zu bringen. Ich kenne doch meinen Paul. Bei Essen springt er. Und richtig, er reißt sich von seinen blättrigen kleinen Freunden und seiner Zwillingsfreundin los und stakst Richtung lodernde Flamme. Aber auch Gustl wird richtig wepsig, obwohl er gerade noch seiner Schwester und Paul hinterhergeblickt hat und »verstehineda« gemurmelt hat. Nach dem gefühlt siebenundvierzigsten »verstehineda« habe ich ihn ebenfalls in Richtung Lagerfeuer gescheucht. Feuerstellen funktionieren anscheinend seit der Steinzeit völlig gleich. Männer fühlen sich magisch davon angezogen. Kein Wunder, es duftet wie auf dem Jahrmarkt nach Grillwürstl. Olivia ist über ihren Schatten gesprungen und hat aus der Tiefkühle eine Kantinenpackung Würstchen geholt, deren Inhalt nun auf langen Stecken über dem Lagerfeuer geschmurgelt wird. Papa Rasmus raucht ein »sauguads Kraut« und wirkt ein wenig aus der Zeit gefallen. Paps hat sich strategisch günstig zwischen Olivia und Frau Grünäugel gesetzt, die auf den schönen Vornamen Vanilla hört, was ich jetzt erfahre, weil es Paps permanent über die Lippen kommt. »Vanilla, noch Salat?« »Vanilla, soll ich dir ein Würstchen grillen?« »Vanilla, aus dem Hof machen wir ein Vorzeigedings!«

Ich könnte kotzen. Paps hat noch nicht einen Handstreich auf den Feldern geschuftet, sondern ausschließlich den Gutshof mit leuchtend grüner Farbe verschlimmschönert, aber er sieht sich schon als Großbauer. Olivia scheint ebenfalls ihre Zweifel zu haben, denn sie lächelt ein wenig gequält, als Paps ihr von seinen Erfolgen in unserem Garten erzählt. Nein, ich verrate jetzt nicht, dass das Einzige, was bei uns gedeiht, Kürbisse sind, und die gedeihen ja bekanntlich auf jedem Misthaufen, und dass Paps' Beitrag zur Gartenarbeit nur warme Worte sind.

Die schwarze Wolke von all den angekokelten Würstchen über der Feuerstelle ist ein Dreck gegen die dunkle Wolke über meinem Kopf. Was ist denn an Lagerfeuern so romantisch? Kann mir das mal einer sagen!

Ich lege den Kopf ein wenig schief, weil ich es herausfinden möchte. Und weil Vanilla Grünäugels Kopf auch sehr schief liegt. Damit der dabei nicht abbricht, hat sie ihn auf Paps' Schulter platziert. Die Frau ist fürs Praktische. Und ich gebe ihr recht, schiefe Köpfe muss man stützen. Mein Kopf landet bei der Gymnastikübung auf der Schulter von Gustl, der sich dagegen nicht wehrt. Der Mensch ist ein Rudeltier und neigt zur Nachahmung. Die Ballett-Sisters lassen ihre Köpfe auf die schmächtigen Nerdschultern von Willibrod und Kalki fallen. Hat man Töne! Olivias Kopf landet auf Rasmus' breiten Bärenschultern. Maxies Kopf landet auf Pauls Schulter.

MAXIES KOPF LANDET AUF PAULS SCHULTER!!!!!!

Und Paps greift zur Klampfe. Wo kommt die denn her? Werden Lagerfeuer immer gleich mit Klampfe geliefert? *The Sound of Silence*. Paps spielt meinen Klingelton. Und jetzt singt er ihn auch noch! Vanilla Grünäugel, sei wachsam. Paps legt eine Schleimspur in leuchtendem Phosphorgrün! Und du auch, Maxie Grasober-Bibelburger, halte dir Augen und Ohren zu, sonst bist du verloren und ich auch, denn Paul, mein Paul, ist auf dem besten Weg, sich da in was zu verrennen! Pauls Hand hat die andere Schulter von Maxie umfasst. Wieso das denn, die liegt doch schon stabil an deiner Schulter, du Obersicherheitsfreak! Ich könnte quieken.

Und, bitte, wo ist die andere Hand von Paps, hat der jetzt drei Hände? Mit zweien spielt er Gitarre und die dritte tanzt im Nacken von Vanilla Grünäugel Samba?! Sicher alles eine optische Täuschung, dieser Feuerdampf treibt einem ja die Tränen in die Augen und dann sieht man alles doppelt.

Aus meiner Tasche dudelt *The Sound of Silence*. Gibt's das jetzt hier schon als Kanon? Da kapiere ich, dass irgendeine atmosphärische Störung meinem Handy Empfang schenkt.

loddi, schatzi, seid ihr wieder in sicherheid, alles duddi? der hölle endronnen? schmatzi patty

Ach Patty, wenn du wüsstest! Die Hölle fängt gerade erst an. Und um das zu bekräftigen, schiebt mir Manolo, der sich eigentlich bis eben ausschließlich mit den Würstchen beschäftigt hat, einen Zettel zu.

So, und nun noch einmal ganz langsam zum Mitschreiben: Auf der *Knackigen Karotte* ist ein Virus ausgebrochen. Schwere Hirnherzschwäche. Höchste Zeit, den Kopf wieder gerade zu halten, Karlotta Petzmeier! Und als ich das tue, komme ich mit nur – ich schwöre, völlig unabsichtlich – zwei Millimeter Abstand an Gustls Lippen vorbei. Das Feuerholz knackt und schickt einen Schwall sehr, sehr warme Luft zu uns. Leucht, glimmer, funkel – so spiegelt es sich in Gustls Augen. Ja, was will ich von dem Heinz, gute Frage!

Alarmstufe Karottenrot!

Keine sieben Stunden später bin ich mal wieder die Erste, die aus den karottenroten Federn kommt. Anscheinend ging es am Lagerfeuer noch lange, so wie meine liebe Klasse gerade ratzt. Gestern noch hat angeblich keiner ein Auge zugetan, weil die Betten so »mega krass übel« sind, heute scheint das nicht mehr zu stören. Lagerfeuer saugen Hirn aus Kopf. Nur ich bin gegen Lagerfeuer anscheinend immun. Selbst Gustls Lippen konnten mich gestern nicht länger bei der Pfadfinderromantik halten. Dafür habe ich die Gunst der Stunde und den Empfang genutzt, um Patty Gute Nacht zu simsen.

> paps ist da. alle haben die grünkrankheit. ich werd zum grünen wutmännchen, sleep well. lol, lotz.

Dann bin ich vorzeitig ins Bett, bevor Paps zum vierten Mal *Let it be* und *My Bonnie is over the Ocean* singen konnte. Und Frau Grünäugels Kopf endgültig in Paps' blumigem Hemd versunken ist. Und Maxie zum vierten Mal Pauls Brille poliert hat, nachdem sie zum vierten Mal mit der Nase drangestoßen war.

Um Gustl hat es mir ein wenig leidgetan. Er saß ziemlich verloren da und verstand die Welt nicht mehr. Ich ja auch nicht, sind wir schon zwei. Ich werde mich heute ganz besonders um ihn kümmern. Auch um Paul. Ach, warum ist das denn immer so schwer mit den Entscheidungen!

Kurz bevor ich hier auf den Eingangsstufen von Grasober-Bibelburgers Haus metertief im Selbstmitleid versinke, rüttelt etwas am Eingangstor unter dem Schild der *...nackigen ...rotte*.

Ziemlich viel Staub kommt auf mich zu. Aus dem Haus tönt Rasmus' Beschallung für die Pflanzen, anscheinend sind Grasober-Bibelburgers auch schon wach. Rasmus hat heute dieses Torerodings aus der Oper *Carmen* gewählt.

»Auf in den Kampf, die Schokotorte brennt« oder so ähnlich.

Der Auftritt der Staubwolke wird dadurch noch gewaltiger. Ich halte die Hände über die Augen, hinter mir betritt die Familie Grasober-Bibelburger die Szene und stöhnt wie aus einem Mund.

»Ned scho wiada!«

Aha, alte Bekannte. Drei Stück, wie ich sehen kann, nachdem sich die Staubwolke gelegt hat. Zwei Männer und eine Frau. Gustl tritt ganz nah an mich ran und ich rieche Zahnpasta an meinem Ohr. »Die ham ned Humor füra Fünferl, die Bazis, die bleden!«

Ah ja, hab's mir fast gedacht, denn alle drei scheinen die eine oder andere Bulldogge in ihren Vorfahren gehabt zu haben. So viel griesgrämige Fresse war selten!

»Tach auch. Biosieglbehörde Süd, wirr wäääären dann mal wieder da. Na, was macht denn der Anbau so, Herr Grasunter-Biberburg?«

»Für Sie immer noch Grasober-Bibelburger!«, murmelt

Rasmus in seinen Bart und versucht mühsam ein freundliches Grinsen.

Währenddessen sieht sich die weibliche Bulldogge um, als müsse sie ein illegales Flüchtlingslager ausheben. Ihr Blick verfinstert sich, wenn das überhaupt noch möglich ist.

»Was, was ist das?« Sie fuchtelt mit dem Zeigefinger in Richtung Gutshaus und somit in Richtung Artwork à la Papa Bonbon.

»Kunst!« Olivia springt ihrem Mann zu Hilfe.

»Ich glaube, es hackt, das soll ein Biohof werden und keine Blumenbude!« Die Frau Bulldogge ist aus Sachsen, und der Satz klingt in etwas so: »Isch glob, dos hoggt, do ssoll en Biohof werden un keene Blomenbode.«

Gustl und ich müssen lachen, was die Sache nicht verbessert. Bulldogge Nummer 2 sagt jetzt auch was. »Wie ich sehe, hat sich am Zustand Ihrer Felder nur insofern was geändert, als dass sie noch mickriger aussehen als vor vier Wochen. Das wird nichts, Herr Grashupfer-Bitburger!«

»*Grasober-Bibelburger*!« Rasmus grollt wie ein sehr tiefes Bergwerk, und ich ahne, dass hinter der Hippiefassade doch ein Wesen aus Fleisch und Blut steckt.

Olivia versucht die Situation zu retten. »Ja, aber wir haben uns ein tolles Konzept ausgedacht. Wir geben jungen Menschen die Chance, den Bioanbau zu erlernen!«

Ich verschlucke mich. Ich kann mich nicht erinnern, dass die Grasober-Bibelburgers uns was gezeigt hätten. Außer wie man aus Buchsbaum Figuren schnitzt. Und das war ja wohl Privatunterricht.

Das sächsische Bulldoggen-Weibchen nuschelt: »Na, dann müssen Sie einen Antrag auf Ausbildungsstätte für das Freiwillige Soziale Jahr stellen, wenn das so ist. Aber Biosiegel gibt's heute keines!«

Das andere Bulldoggen-Männchen kichert. »Das hast du jetzt gesagt wie die Heidi Klump!«

»KLUM!«, brülle ich, denn diese drei Metzgerhunde sind doofer, als die Polizei erlaubt. Und so was darf Siegel vergeben! Ich sehe, wie Gustl die Hände in den Taschen zu Fäusten ballt. Hinter uns ist so ziemlich die ganze Klasse in Schlafanzügen vor das Gutshaus gekommen. Ganz am Schluss trudeln schön hintereinander Vanilla Grünäugel und mein Paps heraus. 30 Mann gegen drei. Ich sehe, dass auch Gustl solche Rechenspiele im Kopf hat. Da holen die drei Pappnasen noch einmal so richtig aus.

»Eigentlich hab ich gut Lust, die Bumsbude hier zu schließen!« Bulldogge 1 an Bulldogge 2.

Bulldogge 3: »Das lohnt doch nicht den Aufwand, in zwei Wochen sind die eh weg und dann kann gebaut werden!« Wegwerfende Handbewegung.

Drei Bulldoggen verlassen die Bühne mit einem »Nichts für ungut, nehmen Sie es nicht persönlich, Herr Grashupfer-Birkenhuber!«

Da bricht es aus Rasmus heraus: »GRASOBER-BIBELBURGER, SIE VOLLHORST!«

Im Anschluss muss er von Paps gestützt werden und Vanilla und Olivia tätscheln gleichzeitig seinen haarigen Unterarm. Olivia murmelt nur: »Wenn wir schließen, ist alles weg, was wir hatten. Unser letztes Geld steckt hier drin. Und ohne Biosiegel können wir kaum was verkaufen, dann bringt das nicht genug Geld und dann müssen wir hier weg, weil wir die Raten für das Land nicht zahlen können!«

In meinem nüchternen Magen bildet sich ein Klumpen. Was meinte Bulldogge 2 mit »Dann kann gebaut werden«?

Das ist hier kein freakiger Spaß, das ist bitterer Ernst.

Auch meine gute Frau Grünäugel scheint sich ein Restchen Verstand bewahrt zu haben.

»Kinder, wir bilden alle einen Denkkreis, dreißig Hirne haben mehr Ideen als eines. Uns wird etwas einfallen!«

Paps ist Feuer und Flamme. Und ich hatte geglaubt, das Lagerfeuer wäre der Höhepunkt aller Peinlichkeit gewesen.

Überlaufende Fässer

Paps bewegt sich außerhalb der Peinlichkeitsmarkierung, ich habe keine Worte dafür.

»Vanilla«, säuselt er und seine Augendeckel klappen auf Halbmast, »ein Denkkreis ist mega!«

Dann verteilt er bemaltes Papier auf dem Boden, jedes Blatt in einem anderen Grünton. Weiß der Teufel, wo er das auf die Schnelle herbekommen hat. Leider scheine nur ich eine Antenne für die peinlichsten Momente zu haben, denn der Rest meiner Klasse balgt sich bereits um die besten Grüntöne. Frau Grünäugel, die als Lehrerin etwas sachlicher auftreten könnte, hat sich – trara! – für ein minzgrünes Fleckchen entschieden. Dann flötet sie in die Runde: »Poetische Ideen haben eine ganz andere Kraft als sachliche!« Um das zu bestärken, klemmt sie sich ein vertrocknetes Rosmarinzweiglein ins Haar und sieht nun aus wie eine junge Kräuterhexe in der Walpurgisnacht. Die ganze Klasse, Paps, die Grasober-Bibelburgers und Vanilla haben sich innerhalb des Kreises aus Blättern gesetzt. Ein hübsches Bild. Ich mache mal vorsichtshalber ein Foto, sonst glaubt mir das ja wieder keiner. Sollte ich jemals wieder an einen Ort kommen, wo mein Handy mehr als einen Sendebalken zeigt, kann ich Patty den Schnappschuss zum Welttag der Peinlichkeiten schicken.

Olivia lässt eine Schüssel mit selbst gebackenen Hörnchen kreisen, die nicht nach Meisenknödel schmecken, sondern mit dickem Hagebuttenmus gefüllt sind. Nur wegen der Hörnchen fädle ich mich auch in den Denkkreis ein, schnappe mir eines, und meine Lebensgeister kehren langsam zurück, leider auch meine Aufmerksamkeit. Die Ballett-Sisters kleben immer noch an den beiden Klassenprimussen. Das ergibt im Doppelpack »Die Schönen und die Biester«. Manolo hat die Lyrik wieder für sich entdeckt, jedenfalls kritzelt er auf die Rückseiten mehrerer grüner Blätter irgendwas Unleserliches. Ich kann nur hoffen, dass er sie nicht an mich adressiert. Der Rest der Klasse dämmert im Morgenlicht. Noch erschließt sich mir nicht, wie der Denkkreis funktioniert. Klar, erst mal denken. Aber soll dann nicht was rauskommen? Ich schiele zu Gustl, der sich neben mich auf den Boden plumpsen hat lassen und aus den Augenwinkeln die Szene beobachtet. Guter Gustl, er denkt wie ich. Aber wo ist eigentlich Paul? Dann kommt mir eine Idee, und ich ahne langsam, zu was ein Denkkreis gut ist. Aus meiner Hosentasche hole ich den Zettel, den ich gestern aus der Erde befördert habe, und halte ihn Gustl vor die Nase. Gustls Stirn faltet sich in lauter waagerechte Furchen.

»Wos isn des?«

Tja, eigentlich hatte ich mir irgendwas Erhellendes von Gustl gewünscht, aber hier muss man ja alles selber machen. Geräusche im Denkkreis lenken mich allerdings kurz ab. Ich stecke also den Zettel wieder in meine Hosentasche, in der schon andere nützliche Dinge ihren Platz haben, wie mein Handy, Manolos Gedicht und noch ein Zettel, an den ich mich jetzt nicht mehr genau erinnern kann. Als ich in die Runde blicke, sehe ich, dass Paps und Paul ein tragbares Schachspiel auspacken und Maxie die Bedeutung der Figuren erklären.

Vanilla Grünäugel hat wohl den Faden verloren und sortiert die grünen Blätter nach Größe. Die Ballett-Sisters haben aus den grünen Blättern Papierhütchen gefaltet und sie ihren beiden Granaten auf den Kopf gesetzt. Der Rest kaut Hörnchen oder leckt sich Hagebuttenmarmelade von den Fingern.

So ein Denkkreis funktioniert vielleicht nur bei Naturvölkern. Ich werde bei so viel geballter Schläfrigkeit unlustig und eifersüchtig. Jawohl, eifersüchtig! Denn Paul setzt sich eindeutig Richtung Hügel in Bewegung! Ich ziehe Gustl am T-Shirt hoch, dass es knackt, und zerre ihn ebenfalls in die Richtung. Das Duell im Morgengrauen. Ganz dumpf dringt noch an mein Ohr, wie Paps plötzlich aufspringt und ruft: »Ich hab´s. Wir malen Fahnen mit *Bio für die Bibelburger!, Knackt die Karotte und Siegel her statt versiegeln!*.

Ich brauche dringend ein Ventil und brülle Paul an, den wir nun fast erreicht haben.

»Kannst du einmal am aktuellen Leben teilnehmen? Nur einmal? Nein, immer wenn es wichtig ist, haust du ab!«

Das ist natürlich glatt gelogen, denn immer, wenn es wichtig wurde, hat Paul echte Hilfe geleistet, aber auf solche Kleinigkeiten kann ich jetzt keine Rücksicht nehmen. Auch nicht darauf, dass Maxie Paul zu Hilfe kommen will. Auch nicht darauf, dass Gustl mich anscheinend davon abhalten will, mich zu schlagen. Aber ich bin nicht zu bremsen.

»Verstehst du nicht, hier ist was oberfaul, oder wie würdest du diesen Zettel hier deuten? Hä? Das ist doch wohl eindeutig!«

Ich zupple in meiner Hosentasche herum, krame und wühle nach dem Stückchen Leder mit dieser seltsamen Zeichnung und der kryptischen Botschaft `alz…ring ätz`. Endlich fingere ich den Lappen aus der Hosentasche.

Zettelwirtschaft

Paul rückt ganz nah an den Zettel ran, bis seine Mausaugen mit der Brille davor fast dranstoßen. Komisch, er hat doch jetzt erst eine neue Brille bekommen. Was gibt es an einem schwarzen Fleck mit den wenigen Buchstaben `alz…ring ätz` so lange zu entziffern? Bis ich kapiere, dass ich ihm die falsche Botschaft vor die Nase gehalten habe.

Paul fährt plötzlich mit hochrotem Kopf hoch. Hellgraue funkelnde Mausaugen tanzen vor den meinen.

»Karlotta, du bist ein Genie!« Paul schlingt seine schlaksigen Arme um mich, wie seit Wochen nicht, und ich bekomme weiche Knie. Nicht nur wegen des falschen Zettels, sondern auch wegen Pauls unvergleichlichem Paulduft. Leider auch wegen der finsteren Blicke, die wir beide von Maxie und Gustl ernten. Vielleicht sollten wir mal ganz langsam was klarstellen. Schließlich wissen die beiden ja nichts von uns. Wie auch? Die vergangenen Tage sind wir nicht gerade freundlich miteinander umgesprungen. Also ich bin nicht freundlich mit Paul umgesprungen, der nun völlig unbekümmert in meine Hosentasche greift und mein Handy herausholt.

»Du scheinst ja als Einzige hier Kontakt zur Außenwelt zu haben, Lottchen. Ich darf dann mal!«

Wir starren ihn alle mit offenem Mund an und dann latschen wir wie eine Entenschar hinter ihm her Richtung Hügel. Hören den Freizeichen zu. Und dann beginnt Paul mit einer ziemlich männlichen Stimme zu sprechen. Mein Paul, wer hätte das gedacht?!

»Guten Morgen, Herr Knopf, Petzmeier hier!«

Mir schwant was.

»Es wäre dann so weit, ich würde heute mein Honorar einlösen, ja, richtig gehört … ja, eine Großbestellung … was, abholen? Nein, bitte frei Haus liefern, ich nenne ihnen die Adresse, wir haben jetzt einen größeren Garten …«

Ich schließe die Augen, und tatsächlich klingt Paul wie Paps, und das macht mir schon ein bisschen Angst. Diese Ähnlichkeit zwischen den beiden habe ich früher schon einmal bemerkt, aber dass Paul auch genauso sprechen kann, ist gruselig. Dieses Klangdings lenkt mich total ab, was macht Paul da eigentlich? Paul bestellt säckeweise Zwiebeln und Samen. Auf Paps' Namen. Ganz langsam ahne ich, was hier schiefgelaufen ist. Ich drehe den Zettel herum, den ich Paul vorhin vor die Nase gehalten habe, und erstarre. Das ist das Schreiben von Herrn Knopf an Paps. Kurz bevor ich vor Schreck in den Boden versinke, hört Paul auf, sich als Papa Bonbon auszugeben, und reicht mir das Handy zurück, indem er mir noch einmal um den Hals fällt, mich sehr fest an sich drückt und was von »Geniale kleine Petziline!« murmelt.

Unter normalen Umständen würde ich ihm jetzt seine »Petziline« um die Ohren hauen, aber ich bin von Pauls Umarmung etwas atemlos und würge nur ein schwaches, vokalarmes »Dnke Pl« hervor. Paul lässt mich auch gleich wieder los und kniet zu meinen Füßen. Jetzt macht er sich lächerlich, schießt es mir durch den Kopf, zumal Maxie und Gustl die Hände vor den Mund geschlagen haben. Entweder überlegen die beiden, wie sie uns möglichst unauffällig in die nächste Klapse befördern können, oder sie lachen sich gerade tot.

Im ersten Fall könnte ich die Freiwillige Feuerwehr von Grünmandlskreuth empfehlen. Im zweiten Fall wäre es echt schade um Gustl, der ja auch ein ziemliches Schnittchen ist. Manchmal hasse ich mich für meine Begeisterung.

Paul kniet immer noch zu meinen Füßen. Was macht er da eigentlich? Paul gräbt mit einer kleinen Hacke und einer Schaufel, die auf der *Knackigen Karotte* an allen Ecken herumliegen, einen Buchsbaum aus. Die Königin, die er gestern mit Maxies liebevoller Hilfe geschnitzt hat. Ich sehe den kleinen Schweißperlen in Pauls Nacken zu und kann mir gar nichts Schöneres vorstellen. Nackengucken sollte neue olympische Disziplin werden. Dann werden die Ränder von Pauls Ohren rosa und schließlich weinrot. Auch Ohrenrandgucken könnte olympisch werden. Schließlich zieht Paul keuchend an dem armen kleinen königlichen Buchsbäumchen, dass die kleinen Blätter nur so herumfliegen. Bis Paul schließlich mit einem fast filmreifen Fastsalto samt Bäumchen nach hinten fliegt. An dem Bäumchen hängen zottige Wurzeln und es sieht nicht mehr ganz so königlich aus. Maxie und Gustl haben sich vermutlich endgültig für die Grünmandlskreuther Feuerwehr entschieden und ich bin fassungslos.

Paul nuschelt erschöpft: »Für dich, Petzilette, du bist die Heldin und meine Königin des Tages!«

Ich höre nur halb hin, denn an dem Gezottel hängt ein Lederfetzen. Vorsichtig zupfe ich das Teil aus dem Gewölle der Buchsbaumwurzeln. Was unterirdisch so wächst, kann nur robust sein. Und dann kommt mir der Fetzen ziemlich bekannt vor.

Mir wird übel. Dann merke ich, wie Maxie und Paul die Hände ganz fest vor Mund und Nase pressen. Na, na, na, man muss es jetzt auch nicht übertreiben. Paul drückt sich allerdings auch die Hand vors Gesicht. Ist dem auch so übel? Oder geniert er sich? Ich meine, »Du bist meine Königin« sagt man ja auch nicht alle Tage.

Langsam sickert der Satz in meinen Kopf und ein seltsamer Geruch in meine Nase. Ein Geruch nach Hafenbecken, sommerlicher Müllhalde, vergorenen Essiggurken, ungewaschenen Sportsocken und sehr, sehr alten Fischabfällen.

Wo der Buchsbaum einmal war, ist jetzt ein Loch, aus dem es erbärmlich stinkt. Wir pressen alle unsere Hände vors Gesicht und beugen uns vorsichtig nach vorne, um in das Loch zu sehen. In der Tiefe schimmert ein hölzerner Boden, der in der Mitte ein Loch hat. Pauls kleiner Spaten hat ganze Arbeit geleistet und sich in das anscheinend sehr alte Holz gebohrt. Ein wenig trübe Suppe fließt heraus – und ganz eindeutig, der bestialische Gestank kommt genau aus dieser Richtung. Paul stochert mit seiner Harke ein wenig doller in dem Loch herum, einzelne Holzsplitter fliegen zur Seite, das Loch wird größer, der Gestank auch.

Wir sehen uns alle an. Der Satz »Hier stinkt es gewaltig« war noch nie so wahr wie heute.

Große Fische

Keine zwei Stunden später erlebt Grünmandlskreuth die größte Sensation der vergangenen 1000 Jahre, mindestens. Eine Karawane aus Schülern aus dem Bad Göttersteiner Gymnasium, der Familie Grasober-Bibelburger, Frau Grünäugel, die ein minzgrünes Kleid trägt, und Papa Bonbon schreitet die Dorfstraße entlang. Ich gehe heldenhaft neben Maxie, jeder von uns trägt ein Zweiglein Buchs in der Hand.

An den Straßenrändern strömen langsam alle Grünmandlskreuther zusammen, viele von ihnen mit Einkaufskörben, denn es ist wohl Markttag in Grünmandlskreuth. Die Ballett-Sisters, Willibrod und Kalki, Manolo und sämtliche Zicken, die noch vor zwei Tagen die *Knackige Karotte* mit einer Sträflingskolonie verglichen haben, tragen Transparente.

Bio für die Bibelburger!, Knackt die Karotte!, Siegel her statt versiegeln!

Unser Zug wird von einem Leiterwagen begleitet, der von Gustl und Paul gezogen wird. Auf dem Leiterwagen liegt ein Fass, und über dem Zug liegt der Geruch der faulsten Eier der Welt, gemischt mit Fischkacka. Alle, die am Zug teilnehmen, haben sich karottenrote Tüchlein vor den Mund gebunden, die Olivia Grasober-Bibelburger mal in einem Anfall von Indiensehnsucht eingefärbt hat. Dazu brüllen wir aus vollem Hals:

»Bio für die Bibelburger!, Knackt die Karotte!, Siegel her statt versiegeln!«

Aus der Ferne hören wir das satte Tatütata der Grünmandlskreuther Feuerwehr. Die Grünmandlskreuther, die am Straßenrand unseren seltsamen Protestzug beobachten, halten sich ebenfalls krampfhaft die Nasen zu. Wahrscheinlich hat einer von ihnen die Feuerwehr gerufen. Kurz vor dem Rathaus, von dem eine grüne Fahne mit einem Mandelbäumchen weht, kommt unser kleiner Zug zum Stehen. Aus dem Leiterwagen mit seiner seltsamen Fracht schwappt ein wenig der Teufelsbrühe auf den Marktplatz. Grün schillernd trocknet das Gebräu in die Pflastersteine von Grünmandlskreuth, das sicher in seiner ganzen 1000-jährigen Geschichte noch nie so gestunken hat.

Als der Bürgermeister auf den Balkon seines Amtssitzes tritt, haut es ihn fast um.

»Wärme steigt nach oben«, murmelt Willibrod besserwisserisch. Und Kalki fügt hinzu: »Und auf dem Marktplatz hat es bestimmt 34 Grad!«

Die Brühe in dem Fass läuft zur Höchstform auf. Maximaler Mief!

Mit lautem Tatütata hat nun auch die Freiwillige Feuerwehr den Rathausplatz erreicht, genau in dem Augenblick, als der Bürgermeister mit hochrotem Kopf in die Fahne vor seinem Balkon kotzt.

Keine Frage, dieser Tag wird in die Geschichte von Grünmandlskreuth eingehen. Der Tag, als der Bürgermeister auf die Fahne gekotzt hat. Der Tag, an dem Grünmandlskreuth wie römische Fischsoße gestunken hat. Der Tag, als es »Bio gegen blöd« ging. Denn eines hatten die Grünmandlskreuther Stadtoberen nicht eingeplant, dass die Grasober-Bibelburgers gar nicht so blöd sind, wie sie aussehen. Schon gar nicht, wenn sie sich Verstärkung aus Bad Götterstein holen. Frau Grünäugel hat nämlich schnell die letzten Reste ihres Verstands zusammengekratzt und das Sprechen übernommen, als der Kopf des Bürgermeisters wieder aus der Fahne aufgetaucht ist.

»Herr Bürgermeister, allem Anschein nach haben Sie der Familie Grasober-Bibelburger den Grund für den Biohof unter falschen Voraussetzungen verkauft. Sie wussten schon lange, dass auf dem Boden nichts wächst, oder?« Ihre Stimme klingt fest und ziemlich überzeugend. Paps bekommt so etwas Weiches um die Lippen, und ich kann ihn mit einer schnellen Bewegung davon abhalten, Vanilla Grünäugel vor den Augen von ganz Grünmandlskreuth und meiner Klasse in den Nacken zu beißen, vor lauter Hingerissenheit. So kann Vanilla ungerührt fortfahren:

»Sie wollen auf dem Grund etwas bauen. Dürfen es aber nicht, weil es als Agrarland ausgewiesen ist. Und nun haben Sie eine Situation konstruiert, damit aus dem Land Bauland werden kann! Stimmt's oder hab ich recht?«

Ich habe zwar nur die Hälfte von dem komplizierten Satz verstanden, aber ich finde, er klingt sehr, sehr unangenehm für den Bürgermeister!

Aus dem Augenwinkel sehe ich jetzt auch die drei Bulldoggen, die sich eiligst davonmachen. Paps zuppelt an Frau Grünäugels grünem Kleid herum. Rasmus und Olivia kauen Fingernägel und Maxie und Gustl sehen Hilfe suchend zu uns. Also Paul und mir. PAUL UND MIR?

Paul steht neben mir, als würde er ständig Giftfässer aufspüren und für die Gerechtigkeit kämpfen. Paul sieht ziemlich erwachsen aus. Der Bürgermeister leider nicht, er räuspert sich und hustet. Aus der Fahne am Rathaus tropft es. Das ist gar nicht schön. Und als er zu reden anfängt, hört sich das eher wie Winseln an.

»Liebe Familie Grasober-Bibelburger, das ist natürlich alles nicht so, wie die Dame sagt. Gut, es hatte bisher niemand so recht Glück mit diesem Fleckchen Erde, den Sie in die *Knackige Karotte* verwandeln wollten ...«

Paps bekommt ein erdbeerfarbenes Gesicht und knetet irgendwas in seinen Händen. Ganz schlechtes Zeichen, Herr Bürgermeister, ganz schlechtes Zeichen, will ich schon rufen, da fangen auch die Grünmandlskreuther an zu brummen, aber der Bürgermeister redet sich weiter ins Unglück:

»... aber wenn man der Natur ein wenig Zeit gibt, dann ...«

Ein grünes Papierflugzeug zischt in Richtung Kopf des Bürgermeisters. Gefaltet aus einem der Denkkreisblätter. Paps hat die Hände nun um seinen Mund gelegt wie ein Megafon, und ich gehe lieber hinter Paul in Deckung, als er seine Rede beginnt.

»Sie glauben doch selbst nicht, was Sie da sagen!« Paps hat seine Hände vom Mund genommen und dafür die Hände von

Vanilla und Olivia ergriffen. Keine Ahnung, warum das jetzt sein muss.

»Sie haben die Familie Grasober-Bibelburger betrogen! Der Boden ist verseucht! Es gibt nur zwei Möglichkeiten: Sie lassen den Boden säubern oder die Grasober-Bibelburgers bekommen das Geld für die Pacht zurück und noch was obendrauf. Als Ersatzschaden!«

Autsch, das passiert Paps manchmal, wenn er aufgeregt ist. Dann kommen ihm die Silben durcheinander. Vanilla bringt das gleich mit einem beherzten »Schadensersatz« wieder in Ordnung. Der Bürgermeister ist jetzt noch ein wenig grüner im Gesicht und rudert kräftig mit den Armen. Er tut mir ja fast leid. Schließlich rafft er seine letzten Kräfte zusammen und röchelt: »Wir werden Fachleute kommen lassen!«

Doch die Stimmung auf dem Platz ist schon gekippt. Die Sympathien liegen auf der Seite der Grasober-Bibelburgers. Die Menge lacht hämisch. Sätze wie »... den Hals nicht voll kriegen!«, »... immer nur Profit«, »... mit uns kann er es ja machen«, »... unmögliches Gebaren!« klingen an mein Ohr. Die ersten Grünmandlskreuther fingern Tomaten und Eier aus ihren Einkaufskörben. Wenn der Bürgermeister jetzt noch einen verkehrten Satz sagt ...

»Liebe Grünmandlskreutherinnen, liebe Grünmandlskreuther, es handelt sich hier um ein ganz großes Missverständnis, das sich bald aufklären wird. Verseuchte Böden, wer will das schon? Stinkende Giftfässer ...«

Weiter kommt er nicht, denn die erste Tomate trifft ihn an der Nase.

Tomaten Nr. 2 bis 12 fliegen dem Bürgermeister um die Ohren. Zu seinem Glück müssen die Grünmandlskreuther ihren Beschuss unterbrechen, denn ein Lastwagen rumpelt in die Schusslinie, mitten auf den Platz vor dem Rathaus. Der Fahrer ist sichtlich verwirrt über das Empfangskomitee, er will ja nur nach dem Weg fragen: »Ach bitte schön, wo geht's denn hier zur *Knackigen Karotte*?«

Plötzlich schweigt der ganze Platz. Nur Paps entfährt ein Quieken. Auf dem Lastwagen kann nun ganz Grünmandlskreuth die Aufschrift lesen:

EVERGREEN

Wir lassen's wachsen

Der Wagen kommt quasi wie bestellt!

Ein Fass kommt selten allein

Wir haben den Rest des Tages keine Denkkreise mehr gebildet und keine Lagerfeuer mehr entfacht, sondern den Leuten von einer Sonderkommission zugesehen, wie sie ein weiteres Fass unter dem Buchsbaumhügel geborgen haben. Auf dem Fass klebte genau so ein Lederfetzen, wie ich ihn gefunden hatte, und zwar vollständig!

Alles klar, Salzheringe. Warum bin ich nicht gleich draufgekommen? Allerdings ist die Gegend nicht berühmt für Salzheringe. Weit und breit kein Meer. Der rätselhafte Fund macht in Grünmandlskreuth so schnell die Runde, wie die Freiwillige Feuerwehr gewöhnlich um die Kurven biegt. Paul untersucht heldenhaft die Fässer, indem er sich fünf Karottentüchlein gleichzeitig ums Gesicht gebunden hat und nun aussieht wie eine südmalaiische Affenart. Gustl guckt, als hätte er einen der Salzheringe geschluckt. Als ich ihn frage, meint er:

»Ihr haut's morgen wiada ab, aber mir müssen waida mit dem gschdingerten Zeug leben!«

Ach Gustl. »Aber die Fässer sind doch dann weg«, versuche ich ihn zu trösten.

»Moanst, dass den Gschtank a mitnemma?«

Hat er natürlich recht. Irgendwie riecht es immer noch nach Fischplörre und wird auf der *Knackigen Karotte* weiterstinken, während wir schon längst weg sind.

Mir fällt nichts mehr ein, um Gustl aufzuheitern. Da kommt Paps angeschnürt, berstend vor guter Laune, was daran liegen kann, dass Vanilla Grünäugel ihre grünen Äuglein ununterbrochen auf Paps geheftet hat, während sie neben ihm herrennt.

»Kinder, wir haben einen Plan!« Paps' Stimme ist sehr laut.

Ich gehe in Deckung, Paps' Pläne sind in der Regel völlig undurchführbar und machen viel Arbeit.

»Wir veranstalten ein Fest!« Paps brüllt nun und Vanilla guckt wie ein Kaninchen Hilfe suchend zu mir. Ich winke ab.

»Alles halb so wild, Va... Frau Grünäugel, das kriegen wir schon«, sage ich cool.

Wow, das war ja mal so was von gelogen, in Wahrheit fürchte ich mich genauso vor Paps' Ideen wie Vanilla.

»Wir machen morgen ein Fest mit einer Spendenaktion. Die Ladung vom ollen Knopf wird einzeln verkauft. Jeder kann Pate eines Samensäckchens oder einer Packung Zwiebeln werden. Die Klasse organisiert den Verkauf, wir machen Zeichenworkshops, Olivia wird backen, Rasmus erzählt etwas über Musik für Pflanzen ...« Paps hält kurz inne, und ich ahne, was jetzt kommt. »… und meine wunderbare Tochter, Prinzessin Petzilotta I., wird durch das Programm führen!«

Petzilotta I., ich glaub, es hackt. Paul ringt mit dem Tod durch Totlachen, Gustl schlägt ihm im Takt dazu auf den Rücken und hustet, meine Klasse biegt sich gut gelaunt vor Wiehern und Vanilla hat Tränen in ihren Grünäugeln. Schönen Dank auch, Paps, für deine warmen Worte, die mich wieder einmal daran erinnern, dass ich seine komischen Ideen immer ausbaden muss. Und das tue ich lieber gleich als später.

»Paps, prima Idee, nur morgen ist Freitag, wie bitte soll man da ein gescheites Hoffest machen. Mein Vorschlag: Wir bleiben alle bis Samstag, da kommen viel mehr Menschen, eventuell auch alle unsere … äh, eure lieben Eltern. Denen müssten wir ja eh Bescheid sagen … ähäm, also dazu sollte ich vielleicht sagen, dass es hinten am Buchshügel Handyempfang gibt …!« Ich kann meinen Satz gar nicht beenden, weil Olivia und Rasmus gleichzeitig aufgesprungen sind, um uns zu umarmen. »Ist ja gut«, will ich schon rufen, da kommt auch Gustl und drückt mich und sogar Maxie. Und als ich Vanillas Augen sehe, ahne ich, dass ich ihr einen Herzenswunsch erfüllt habe. Ein klitzekleines schlechtes Gewissen habe ich wegen Rosalia Tarantula im fernen Italien, aber vielleicht sollte ich das Paps' Problem sein lassen …

Ich fühle mich auf einmal wirklich leicht und frei. Und weil das ein Gefühl ist, das man gerne teilen möchte, renne ich hinter meinen Schulkameraden her Richtung Hügel.

Höchste Zeit auch für mich, ein paar WhatsApps in die Welt zu schicken.

Knackiges Ende

patty darling, notruf: wörschdla und brödla. haben deine eltern und du lust auf einen ausflug zur knackigen karotte? samstag 14 uhr?

lolaliebling, du verpasst hier einiges, vorschlag: pack am samstag deine Eltern und einige kilo kalten braten ein und komme wieder zur knackigen karotte, 14 uhr, überraschung garantiert!

Teil 1 eines gut funktionierenden Festes wäre erledigt: das Catering. Bleibt noch die Sache mit meinen kleinen persönlichen Verwicklungen. Da muss ich jetzt mal ran. Und dem süßen Gustl reinen Wein einschenken.

Keine zwei Minuten später finde ich ihn. Er ackert wie ein Verrückter auf dem Buchsbaumhügel herum. Mit nacktem Oberkörper. Was für ein Anblick, und ich bin mir nicht mehr ganz so sicher, welche Entscheidung ich gerade treffen wollte, denn Paul steht daneben. Er hat sein T-Shirt ebenfalls ausgezogen. Beide könnten gegensätzlicher nicht sein. Beide blinzeln mich an. Gustl verschwörerisch, Paul kurzsichtig.

»Karlottchen, wir graben noch ein wenig. Zum einen, weil es immer noch so stinkt, und zum anderen hat sich ein Forscherteam angekündigt. Die wollen wissen, ob da noch mehr Fässer sind.«

Hab ich was nicht mitgekriegt? Klar, wir haben das Fass beim Rathaus gelassen, hatte ja auch keiner Lust, die Riesenstinkbombe wieder zur *Karotte* zu ziehen. Aber noch mehr Fässer? Paul stößt einen Schrei aus. Ich befürchte das Schlimmste. Mit einem Spatenstich abgehackte Zehen, Sonnenstich, Hexenschuss, aber er ist nur auf ein weiteres Fass gestoßen. Okay, ich werde das mit dem klärenden Moment verschieben müssen. Es gibt auch wahrlich genug anderes zu tun.

Tatsächlich vergeht der Freitag wie im Flug. Familie Grasober-Bibelburger entwickelt eine Emsigkeit, dass einem schwindelig werden könnte. Musik von allen Seiten, die Samen-Lieferung aus dem Hause *Evergreen* wird versteigerungstauglich in kleine Tütchen gefüllt und mit Schleifchen versehen. Rasmus hat plötzlich seine Liebe zum Gartenschlauch entdeckt und Paps malt mit Vanilla weiter an der Hausfassade herum. Alle verfügbaren Tische werden von meinen Klassenkameraden aus dem Haus getragen und mit karottenroten Tischdecken bedeckt. Binnen 24 Stunden hat sich die *Knackige Karotte* in ein orangefarbenes Paradies verwandelt. Paul und Gustl gehen ihrer Fassforschung nach und eigentlich bin ich ganz froh darum. Ich muss keine klärenden Gespräche führen. Denn am Abend sind alle so bettschwer, dass sich keiner mehr über fehlende Spiegel, steinharte Matratzen und kratzige Bettbezüge beschwert. Nur schade, dass Lola nicht dabei sein kann, von ihr kam eine traurige WhatsApp:

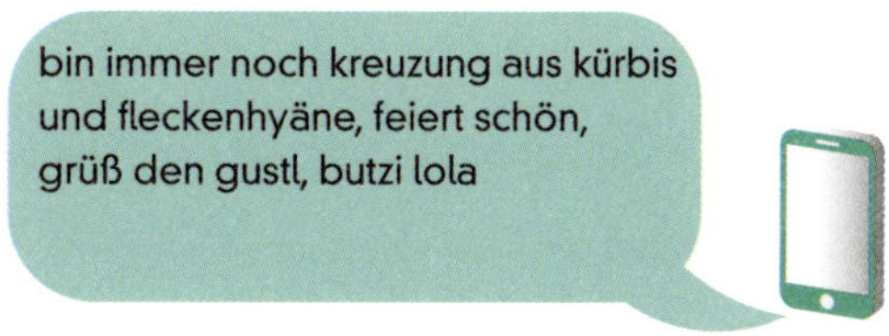

Als am Samstag kurz vor 14 Uhr ein schwer bepacktes Lieferauto mit Schweinfurter Kennzeichen in den Hof einbiegt, weiß ich, dass der Nachmittag zumindest in kulinarischer Hinsicht gerettet ist. Denn Olivia Grasober-Bibelburger war so aufgeregt über die unerwartete Wendung der Geschichte, dass sie ihr berühmtes Meisenknödelbrot hat anbrennen lassen und den Aufstrich aus Frischkäse und Tomaten komplett versalzen hat.

»Loddi, du alde Rumdreiberin, was ist des Cooles?!«

Patrizia Stempfhuber, genannt Patty, fränkisch Paddy, entspringt dem Lieferauto mit der Aufschrift *Stempfhuber bäckt es dir* und schlingt ihre Arme um mich. Patty trägt einen typischen Patty-Dress: rosa Leggings, Ballerinas, ebenfalls richtig rosa, Oversize-T-Shirt in sehr, sehr Rosa und ein Jeansjäckchen in Ultrarosa. Der Kontrast zum Orange der *Knackigen Karotte* könnte nicht größer sein. Und sie hat sofort die volle Aufmerksamkeit. Manolo, der schon immer eine Schwäche für Rosa, also für Patty hatte, will sie kaum mehr loslassen. Paul herzt sie herzlich, und weil Patty meine Klasse schon von anderen Anlässen kennt, dauert das mit der Begrüßung. In der Zwischenzeit haben die herzensguten Eltern von Patty viele

Platten mit Wörschdla und Brödla auf den Karottentischen verteilt.

»Loddi, du Gudes, kumm lass dich drüggen. Du und dein Babba, ihr seid werglich so schräch drauf, ich glabs ned!«

Hach, Papa Stempfhuber, ein Mann, ein Wort. Das kann man wohl sagen, wir sind schräg drauf. Als Paps von Papa Stempfhubers riesigen Bäckerarmen umschlungen wird, darf ich auch noch mit anhören, wie er sagt: »Und wieda so a grünäuchige Granade gfunden? Du bist doch ein Hund, Babba Bonbon!«

Himmel noch mal, ist das denn so offensichtlich! Ja, es ist offensichtlich. Meine Lehrerin Vanilla Grünäugel vernachlässigt ihre Aufsichtspflicht aufs Gröbste, weil sie vom Papa-Bonbon-Knall befallen ist.

Bald muss ich hier durch das Programm führen, fällt es mir siedend heiß ein, als immer mehr Eltern, aber auch Bewohner von Grünmandlskreuth anrücken.

Auch die Freiwillige Feuerwehr ist da und gibt eine Extraportion Wasser für die Felder aus. Paul muss bei der Gelegenheit gleich verarztet werden, denn er hat derart karottenrote Schultern, dass man ihn auch als Feuermelder einsetzen könnte.

Olivia reicht mir ein Mikrofon. Wo kommt das denn her? Ich nuschle probehalber hinein, es pfeift grauenvoll und auf einen Schlag sind alle verstummt. Genau in dem Augenblick, als eine schwarze Limousine in den Hof surrt, aus der der Bürgermeister, die Biosiegel-Bulldoggen und ein sehr grauer kleiner Mann mit dicker Brille und Mausaugen steigen. »Mann und Meter: mein Paul in

500 Jahren!«, entfährt es mir, leider hab ich das Mikro immer noch an meinen Lippen. Die Zuhörer lachen, das Männlein auch, die anderen vier nicht. Wie auch, Bulldoggen lachen nicht und der Bürgermeister schämt sich wohl immer noch für sein Malheur.

Das Mausmännchen hüpft in erstaunlich federnden Sprüngen zu mir, die ich auf einem der karottenroten Tische stehe, damit mich auch alle sehen. Dann nimmt er mir mit einem »Darf ich?« das Mikro ab.

»Liebe Familie Grasober-Bibelburger, liebe Gäste aus nah und fern. Ich darf mich kurz vorstellen, mein Name ist Dr. Paul Plato-Pietsch und ich bin Leiter des Archäologischen Instituts in München. Wir haben die erfreuliche Mitteilung zu machen, dass hier etwas sehr, sehr Seltenes gefunden wurde!« Er macht eine Pause.

Ich grüble kurz nach, ob an Salzheringen irgendwas Besonderes ist. Mir fällt nichts ein. Außer der Gestank.

»Die Fässer sind alt, sehr alt sogar, vermutlich noch vor dem Jahre 1000 vergraben worden. Als eiserne Reserve, man glaubte damals, um 1000 würde die Welt untergehen. Die Methode des Einlegens, die chemischen Prozesse, das ist für uns alles höchst, höchst aufschlussreich, um nicht zu sagen sensationell.«

Jetzt kriegt er karottenrote Flecken im Gesicht wie mein Paul. Das ist ja mal lustig.

»Die Fässer gehören dem Finder, so ist das nun mal geregelt in unserem Gesetz, aber wir würden uns sehr freuen, wenn wir den Fund abkaufen könnten, sozusagen aus wissenschaftlichem Interesse. Und natürlich werden wir mit der uns eigenen Behutsamkeit die Fässer ausgraben!«

Ich muss kurz an die Schaufelaktion von Gustl und Paul denken und hoffe, dass sie nicht zu viel Schaden angerichtet haben. Aber da fährt Dr. Dreimal P, Dr. Paul Plato-Pietsch, schon fort.

»Dann wird natürlich der Boden hier auf diesem schönen Fleckchen Erde ausgetauscht. So eine jahrhundertelange Lagerung zieht die Erde in unmittelbarer Nähe in Mitleidenschaft!«

Hurra, da haben wir die Erklärung!

»Versalzene Böden sind kein Unglück, man kann das beheben. Natürlich entsteht der Familie Grasober-Bibelburger kein Schaden, ganz im Gegenteil …!«

In dieser Kunstpause hören alle ein deutliches Quieken. Olivia ist ihrem Rasmus um den Hals gefallen und weint hemmungslos. Frau Grünäugel wischt sich permanent übers Gesicht und murmelt was von irgendeinem Exfreund, dem sie ewig dankbar sein wird für den Tipp mit der *Knackigen Karotte*, obwohl es so schrecklich angefangen hat. Und ich sehe Paps' Gesicht, wie er bei dem Wort *Exfreund* zusammenzuckt und sich dann ziemlich intensiv um die Tränen in Frau Grünäugels Gesicht kümmert.

Irgendwie komme ich mir gerade schrecklich allein vor, als sich eine Hand in meine schiebt. Nur nicht heulen jetzt, das ist nicht mein Stil. Allerdings brennen mir die Augen doch irgendwie.

»Mein Rücken brennt!«, flüstert mir Paul ins Ohr.

Super, wir sind ja drauf!

Paul hält immer noch meine Hand.

In der Menge kann ich sehen, wie Gustl um eine rosa Gestalt herumhüpft und sich mit Gesten verständlich macht. Klar, Dialekt trifft auf Dialekt. Und ich muss nichts mehr klären. Außer vielleicht mit Maxie. Nein, nicht meine Baustelle, beschließe ich. Genauso wenig wie Rosalia Tarantula.

Über die *Knackige Karotte* wehen die Töne von *The Sound of Silence* …

Pauls Augen sind plötzlich ziemlich nah vor meinen und glitzern verdächtig.

»Sonnenbrand tut weh, was?«, frage ich leichthin.

»Sand in den Augen?«, fragt Paul.

Und dann sind mir meine und seine Augen eigentlich egal. Ich schließe meine, denn ich muss mich auf meine und seine Lippen konzentrieren.

ENDE

Weitere Bücher von Claire Singe

ISBN 978-3-7607-3604-4

»Dein Bikini, so rosa ist keiner mehr,
ich sah ihn leuchten im Wellenmeer.«

Merkwürdige Botschaften sind das, die Karlotta beim Campen in Jesolo zufällig in die Hände fallen. Warum soll sie da nicht Schicksal spielen? Der Urlaub ist ohnehin das reinste Chaos! Und so wird Karlotta zur Zettelkönigin – die über ihre eigenen Fallstricke stolpert und dabei ihr Herz verliert …

Auch zu bestellen unter:
www.arsedition.de

ei arsEdition

ISBN 978-3-7607-9586-7

Dass Ferien mit Paps aus dem Rahmen fallen – darauf war Karlotta gefasst. Aber dass sie soooo abgedreht werden? Das Parkhotel Kuckucksruf, Ziel ihrer Reise, macht seinem Namen keine Ehre. Und dann verguckt sich Paps auch noch in die Hotelbesitzerin. Doch als Karlotta entdeckt, dass hinter dem ganzen Chaos eine dramatische Geschichte steckt, erwacht ihr riesengroßes Helferherz …

Auch zu bestellen unter:
www.arsedition.de

Weitere Mädchenbüche

ISBN 978-3-8458-0066-0

Jessica versteht die Welt nicht mehr: Schon immer war sie ein Herz und eine Seele mit Natalie, ihrer allerallerbesten Freundin! Doch seit Amelia neu in ihre Schule gekommen ist, ist alles anders. Und Amelia ist eine richtige Zicke! Dann gründet sie auch noch zusammen mit Natalie eine geheime Bande, in der Jessica nicht Mitglied sein darf. Doch Jessica lässt sich das nicht gefallen und heckt einen genialen Plan aus…